Jon Fosse

晨与夜

[挪威] 约恩·福瑟 著

邹鲁路 译

译林出版社

约恩·福瑟致中国读者

致我的中文读者们：

仅以数语，来自本书的作者，向你们致意。

写这部小说是多年以前的事了。那些年里我主要在写戏剧。但我第一部出版的作品是小说。我在二十岁的时候写下它；二十三岁的时候书得以出版，1983年。那本书的名字叫作《红与黑》。

二十世纪八十年代我又继续写了几部小说，也出版了一些诗集。自九十年代起我开始进入戏剧创作，并在其后数年专注于此。

然后突然有一天我有点儿害怕自己会忘记怎么写小说，所以我决定在戏剧创作中也应该穿插几部小说，就算是为了不让自己忘记怎么写小说吧，这么说也未尝不可。我决定书写人类生命中最极致的两个情境：出生与死亡。

于是在某一年我写下了关于出生的文字。

我最初的设想是从那个要来到这个世界的婴儿的视角去写。后来发现这是个不可能完成的任务,所以便转成了将为人父的视角,只在其中数段进入婴儿视角,这么说也未尝不可。然后我便将这些文字束之高阁。

大约一年多以后,记忆或许有些模糊不清,我写下了关于一位老人死去的文字,关于他死去的那一刻。这个部分写起来要容易得多。然后我便将它束之高阁。

又是大约一年多以后,我决定把这些文字通读一遍——这些有关出生与死亡的文字。就这么一段段地读着的时候,我突然意识到这就是一部小说啊!写下这些文字的时候我从来没想过它们能够相互融汇、彼此关联,但彼时彼刻我唯一需要做的便是稍加修改,而它们便已浑然一体。

我写出了小说《晨与夜》。

而我,坦诚地说,是如此地为写出了这部

小说而开心。

此时此刻,多年以后,我依然为此而开心。

于我而言,在经我笔下所流淌出的所有文字中,无论是戏剧、小说,还是诗歌,这无疑是我最好的作品之一。

唯愿你们,我的中文读者们,也同样会觉得《晨与夜》是值得展卷一读的作品。

谨致以最美好的祝愿。

约恩·福瑟

2025 年 6 月 5 日

morgon og kveld

I

再拿点儿热水,奥拉,老接生婆安娜说

别就这么傻站在厨房门口,她说

好,好,奥拉说

他匆忙走到火炉边把滚烫的热水倒进盆里热浪和冰霜仿佛同时来袭他全身都泛起了鸡皮疙瘩喜悦恍若要破体而出化作热泪涌上眼眶,哦是的她需要热水,奥拉想,他继续往盆里倒着热水然后听到老接生婆安娜说这些差不多够了,是的,这些差不多够了,她说,奥拉抬起头看到老接生婆安娜就站在他身旁然后她接过了水盆

我自己端过去吧,我自己来,老接生婆安娜说

然后屋里传来一声压抑的嘶喊而奥拉就这么站在那儿他看着老接生婆安娜的眼睛冲她点

点头唇边绽开一朵小小的微笑

再等等，老接生婆安娜说

如果是个男孩就叫约翰尼斯，奥拉说

一会儿就知道了，老接生婆安娜说

约翰尼斯，是的，奥拉说

和我父亲的名字一样，是的，他说

是啊，是个好名字，老接生婆安娜说

然后屋里又传来一声嘶喊，这次没那么压抑了

再等等奥拉，老接生婆安娜说再等等，她说

你听到了吗？她说

再等等，她说

你是个渔夫，你知道女人是不能上船的，对吗？她说

对对，奥拉说

那现在情况是一样的，你知道如果男人进屋的话会怎样吗？老接生婆安娜说

是的，会带来厄运，奥拉说

是啊，厄运，是的，老接生婆安娜说

然后奥拉就这么注视着老接生婆安娜伸开双臂端着那盆热水笔直向卧室门口走去而老接生婆安娜在卧室门口停下脚步回转身看着奥拉

别就这么傻站在那儿，老接生婆安娜说

奥拉吓了一跳，是不是就这么站在那儿也会不小心带来厄运？不不他不是故意的，那她现在要是出事儿了怎么办，要是他至尊至爱至敬的玛塔出事儿了怎么办，他最心爱的人，他的妻子，要是出事儿了怎么办，不，不会的

把厨房门关上奥拉然后在椅子上坐下，老接生婆安娜说

然后奥拉就在厨房桌子的一头坐了下来手肘拄在桌上双手捧着脑袋幸好他今天把玛格达送到他哥哥那儿去了，奥拉想，他去找老接生婆安娜的时候就先划船把玛格达送到他哥哥那儿去了即使当时其实他也不知道是不是应该这

么做，因为她都快长成个大姑娘了，玛格达，时光就这么飞快地过去了，可玛塔要他这么做，当她快生了他要划船去找老接生婆安娜的时候他得带上玛格达一起出门这样孩子出生的时候玛格达就可以待在奥拉的哥哥那儿了，她还太小不应该这么早就太清楚地知道长成大姑娘以后等待着她的将会是什么，玛塔就是这么告诉他的，而她告诉他要去做的事他就得去做，当然了，虽然此刻他真希望玛格达也在这儿，她从小就是个聪明理智的孩子无论做什么都能做得很好，好女儿，他真的有个好女儿，奥拉想，但是后来好像上主不想再赐给他们更多的孩子了，玛塔就一直没能再怀上孩子而时光就这么过去了最终他们也接受了或许不会再有孩子的事实，生活就是如此，他们的命运就是如此但他们感谢上主把玛格达赐给了他们，因为如果他们连她都没有的话那生活在霍曼该是多么悲伤又孤单啊，在这个他们居住的小岛上，在这幢他自己亲手建造的房子里，他的兄弟们和邻居们当然都来帮忙了可大部分活儿都是他自己干的，而当他向玛塔求婚的时候他就已经是霍曼的主人了，他已经只花了一小笔钱就把它买下来了而且他都已经想好了，房子该造在哪儿，他都已经想好了，一定要造在背风处这样才能舒舒服服地避开风雨，还有船屋和码头该造在哪儿他也想好了，这些都是需要的不是吗，而且他第一个造好的就是码头，在一个安静又避风的小港湾里，一点儿也吹不到从大海向着霍曼西岸直扑而来的风雨，是啊，然后他就造好了房子，或许算不上什么豪宅大屋可是也非常不错了而现在，现在玛塔就躺在屋里并且终于要给他生个儿子了，现在小约翰尼斯就要出生了，一定会的，奥拉想，而他就这么坐在厨房桌子的一头，双手捧着脑袋坐在椅子上，现在只要不出什么事儿就好，只要玛塔能够顺利生产就好，把孩子顺利地带到这个世界上来，只要小约翰尼斯不会生不出来就好，不会胎死腹中就好只要他们不会都挺不过来就好小约翰尼斯和玛塔，只要那个可怕的日子里曾发生在他母亲身上的事现在不会，不会发生在玛塔身上就好，不，想都不能这么想，奥拉想，因为他们一直都过得很幸福，奥拉和玛塔，他们从最初开始就彼此相爱一直到现在，奥拉想，可是现在呢？现在他要失去玛塔了吗？上帝真的要让他受苦吗？不，他当然不会的，可这个世界始终是由上帝和撒旦一起统治的奥拉从未怀疑过这一点，并且很多时候这个世界都是由一个低等的神甚至就是撒旦本人统治的，虽然也并不总是如此，因为仁慈的上主始终都在，一定是这样的，奥拉双手捧着脑袋坐在厨房桌子一头的椅子上想，是啊仁慈的上主一直都在眷顾着他，一直以来他都这么幸福深爱着他的妻子和女儿玛格达他没有什么可抱怨的，是啊自从他们有了玛格达以后他们没有什么可抱怨的真的应该感谢仁慈的上主把她赐给了他们,他们真的是这么想的,他和玛塔都是,可是后来玛塔的肚子开始大了起来然后他们就都清楚地意识到仁慈的上主又要赐给他们一个孩子了然后等到一切都确凿无疑了他们都衷心感谢仁慈的上主又要赐给他们一个孩子了而且这次一定是个男孩,现在小约翰尼斯就要出生了,一定会的,就是今天就是现在都已经等了这么久了,这么这么久了,奥拉双手捧着脑袋坐在厨房桌子一头的椅子上想,现在有个小男孩就要降临到人世间了,一定会的,不一定的只是当他降临到这个邪恶的人世间的时候会是活着还是死去,是啊,现在最重要的是这个,奥拉想,可如果孩子能够活着降临到这个人世间的话有一点是确凿无疑的那就是他的名字,很久以前他就告诉过玛塔她现在怀着的这个孩子要跟他父亲一样起名叫约翰尼斯而她一点儿都没有反对,是啊,是个好名字,她说过的,孩子应该跟他父亲一样起名叫约翰尼斯，就跟奥拉父亲的名字一样，奥拉想，现在屋里怎么一点儿声音都没有了？是不是出事儿了？刚才老接生婆安娜到厨房里来端热水的时候她的样子看上去像是出事儿了吗？不当时他没觉得老接生婆安娜的样子看上去像是出事儿了，不会的，奥拉想，然后突然之间他就平静下来了，是的，突然之间他就快乐起来了，是啊人的情绪就是这么瞬息万变，不是吗，真教人不敢相信，奥拉想，现在有个小男孩，约翰尼斯，就要见到光明了，之前他一直待在温暖黑暗的玛塔的肚子里而现在他已经长大了健康了强壮了，他已经从一片虚无变成一个人了，一个小男孩，是啊，在玛塔肚子里的时候他的手指脚趾和脸庞就已经长好了，还有眼睛和脑袋说不定还有一点儿头发，而现在他就要出生了，在他母亲玛塔痛苦的嘶喊声中，来到这个冰冷的人世间而在这里他将要独自一人，跟玛塔隔绝开来，跟所有的人都隔绝开来，他将要独自一人永远都独自一人直到，直到那一天来临的时候，他将要消殒化作一片虚无回到他的来处，从虚无到虚无，这就是生命的轨迹，人，动物，鸟，鱼，房子，船，是啊万事万物都一样，奥拉想，可在这之外还有很多别的东西，他想，因为即使你相信生命就是如此，从虚无到虚无，可这并不是一切，在这之外还有很多别的东西，可这别的东西又是什么呢？碧蓝的天空，叶子不停生长的树们？那些神从造物的最初就宣示过的话语，就像《圣经》里所说的那样，那些可以让人明了生命中无论深奥还是浅显的一切的话语，这些别的东西又是什么呢？是啊，谁能说得清楚呢，谁能说得明白呢？因为上帝的话语，上帝的精神，一定是存在于万事万物之中的，让万事万物都不再只是虚无，而是有了意义，有了光彩，而这，奥拉想，这就是为什么上帝的话语和精神一定是存在于万事万物之中的，一定是这样的，他肯定，奥拉想，可撒旦的旨意一定也在运行着，这他也能肯定，那到底是哪一个占了上风呢，不，这他就完全不能肯定了，不能，奥拉想，因为他们一定是在彼此争斗着，看谁的力量更强大，一定从造物的最初起就是这样的，奥拉想，是上帝创造了这个世界上所有的善而且祂是全知全能的就像他们所说的那样，那些虔诚的人，不他倒从未虔诚到这个地步，可上帝是存在的，是的这是确凿无疑的，奥拉想，是的上帝的确是存在的，可他那么远又那么近，因为祂就在每个人心中，而当上帝让自己降为凡人并行走在我们之中的时候，当耶稣行走在凡人的土地上的时候，我们每一个迥非全能的凡人与遥远而迥非全能的上帝之间的距离也就缩小了，是的，这一点他也从未怀疑过，可是要说上帝统治一切决定一切并且所有发生的一切都是上帝的旨意，不，这他就不相信了，这不相信就像他的名字叫奥拉是个渔夫娶了玛塔而他父亲的名字叫约翰尼斯一样确凿无疑而现在，随时，跟祖父一样名叫约翰尼斯的他的儿子就要出生了这同样也是确凿无疑的。上帝是存在的，是的，奥拉想。可他那么近又那么远。而且他既不是全知的也不是全能的。而统治这世界和人类的并非只有上帝一人，是的**祂**的确是存在的，可他被分心了干扰了，是啊的确是这样，从造物的最初开始，奥拉想，可如果自己有这样的想法的话那就只能算是个异教徒了，他的信仰不够坚定，是啊的确不够，可他不能回避自己的内心回避自己的眼睛回避自己的认知，他内心的想法很难用言语去表达因为很可能根本就没有任何言语可以表达，那是一种难以言说的忧伤因为他心目中的上帝，如果非要付诸言语的话，是不属于这个世界的，那是一个只有当你转身背对这个世界的时候才能隐约感觉到**祂**的存在的上帝，只有在这样的时刻，**祂**才会出现才会存在于人世间存在于每个人的心中，这一切是如此的难以名状，奥拉想，而当一个音乐家演奏起美妙音乐的时候他就可以隐约听到他的上帝想要传达给他的声音了，是的，那时祂就会出现了，因为真正美妙的音乐同样也是背对这个世界的，可撒旦不喜欢这样所以每当有美妙音乐奏起的时候他总是跳出来制造混乱和噪音而这太可怕了，奥拉想，而现在，就在屋里，现在小约翰尼斯正努力战斗着想要来到这个世界上，小约翰尼斯，他的儿子，现在他的儿子就要来到人世间了这个冰冷的人世间而这很可能就是生而为人最艰难的一场战斗，从他的源头从他的母体中挣扎而出脱离母亲的生命然后来到这个冰冷的人世间开始自己的生命，从此生而为人并且和上帝的慈悲与撒旦的邪恶同在，不他不能再这么想下去了不能不能绝对不能，奥拉想然后他站起身来听到玛塔的嘶喊声他听到老接生婆安娜说好，好，用力，很好，很好，玛塔，然后老接生婆安娜说了句什么仿佛有某种东西在他脑海中轰然作响而这暗黑不复是鲜红柔软的所有那些喧嚣那些无休止的悸动啊啊好好啊啊啊好啊然后啊哦啊哦啊哦啊咆哮着啊喧嚣着啊那古老的河流翻滚着嗯啊嗯啊嗯哦啊哦啊河水哦啊然后哦啊而一切都是的嘶嘶啊嘶顺流而下嘶甚至嘶甚至还有那低语那可怕的喧嚣然后用力哦啊哦还有那冰冷的尖利的啊啊刺耳的声音来回啊啊往复而你的身体所能感受到的哦一切还有你的手臂和双腿和每一个疼痛的部分你的手指你的肠胃哦啊痛如刀绞哦那哦静水流深嗯啊哦啊那嘶吼和低语哦哦啊啊哦啊哦啊是的啊还有那哦那光从很远很远的地方透出来的光一切都如此遥远啊啊一切都不复存在了但是它咆哮着然后有个声音响了起来有什么把他从这一片混沌中拉了出来然后是小手还有手指紧紧攥在一起的手指还有那古老的一切而一切都不复存在了在水边的一幢古老房子里在漂浮着绿色海藻的古老汪

洋里而群星闪耀忽远忽近它们就这么来了而一切都模糊不清但穿过这一切的是一线光它仿佛来自星星柔软又熹微的冰霜自那儿自地平线升起然后是静默那古老而又无边的静默并非源自内心而是古已有之然后这静默再也没有出现它就这么消失了而这消失是如此地古老而又常新然后是一声清澈的叫喊整个世界骤然明亮起来如同星星那般清澈然后恍若一个名字一个含义一缕风这呼吸这澄静的呼吸然后是这澄静澄静又澄静的动作还有这布这么柔软这么洁白并不古老而是来自汪洋这布并不暗黑鲜红而是干燥温暖无比澄静然后是一只手嘶喊声已经远去了如此柔软又柔软就仿佛那暗黑与鲜红如此温暖又柔软洁白又柔软如此温暖然后在唇齿之间在坚实与洁白之间一切都如此澄静而你是如此可爱如此可爱如此完美的一个小男孩是啊没错没有人能像你一样完美没有人没有人能像你一样完美没有人你是最美好最完美的是啊真是个好

孩子是啊他真好是啊他就是我的全世界你有儿子了如此柔软又如此湿润还有这奇异的澄静然后喔喔啊而这洁白这柔软是如此喔坚实还有啊喔如此如此喔如此洁白如此温暖近乎炽热但又如此澄静他的名字叫约翰尼斯是的就是这个名字是的然后一切终将消逝不复存在他是个好孩子约翰尼斯是的就停驻在这停驻中吧别无他物约翰尼斯将会成为一个渔夫就像他的父亲一样这就是约翰尼斯将要成为的人如此澄静如此安宁的停驻此时此地别无他处而奥拉就站在那儿，就这么站在卧室的床边他看着小约翰尼斯栖息在玛塔的胸前短短细细黑色的小缕小缕的头发平顺地贴在他高高的前额上而玛塔就这么躺在那儿，紧闭着眼睛她的呼吸澄静舒缓又悠长这缓缓缓缓的呼吸而小约翰尼斯就躺在她的胸前吮吸着吮吸着

真是个好孩子，是的没错，奥拉说

是啊他是个健康的好孩子，老接生婆安

娜说

　　而且一切都很顺利，她说

　　妈妈和孩子都很好，她说

　　现在他们该休息了，他们都很累了，妈妈和孩子，现在他们该休息了

　　好的谢谢你的帮助

　　你应该感谢的是上帝，老接生婆安娜说

　　现在你得赶紧划船把我送回去，她说

　　好的我会的，奥拉说

　　然后奥拉就这么站在那儿看着玛塔还有栖息在玛塔胸前的小约翰尼斯，她的胸部现在变得很大很大，记忆中从来没有这么大过，很大很大雪白雪白满布着细小的蓝色血管而玛塔看上去很美很健康只是无限疲倦但又无限澄静她就这么躺在那儿闭着眼睛呼吸缓慢又深沉这呼吸仿佛来自某种超越生命的静默。奥拉就这么想着当他站在卧室的床边看着玛塔还有栖息在玛塔胸前的小约翰尼斯的时候

你还好吗，玛塔？奥拉说

他想自己必须得说点儿什么，不能就这么站在那儿一副笨手笨脚的样子就连这样的时刻也一言不发，奥拉就这么想着当他站在床边看着玛塔还有栖息在玛塔胸前的小约翰尼斯的时候而玛塔没有回答然后奥拉看见玛塔睁开眼睛注视着他而他看不懂她的眼睛，它们仿佛是从一个非常遥远的地方注视着他而且它们仿佛明了什么他所无法明了的东西，而他从来就没真正懂得过女人，仔细想想的话，她们仿佛明了某种东西，某种他从未懂得的东西，某种她们从未宣之于口而且他确定她们也不会宣之于口的东西，因为它根本就无法宣之于口

是的，玛塔说，声音低低的

那就好，奥拉说

她只是累了，你知道，老接生婆安娜说

是啊，累了，她又说了一遍

然后奥拉看到玛塔点点头他看到她闭上了

眼睛他听到她的呼吸，澄静，缓慢

你得把玛格达接回来，玛塔声音低沉地说

好的当然我会的，奥拉说

而他不明白为什么玛塔的声音听上去如此遥远，就仿佛她不是身处这间卧室之中，与他同在一个地方，而是身处一个唯有她独自一人所在的地方，在一片无限的澄静之中

这样她就能看看小弟弟了，玛塔说

而她说话的时候依然闭着眼睛呼吸缓慢深沉又澄静

是的应该看看他刚刚来到这个世界的样子，玛塔说

然后奥拉看到玛塔的唇边绽开一朵小小的微笑现在他才看清楚她的嘴唇是多么苍白而就在这时小约翰尼斯用力蜷起双腿然后哭了起来老天哪这孩子的肺活量可真不错，是啊真教人不敢相信，这小淘气鬼的嗓门居然这么大，奥拉想，老天哪老天哪

是啊哭出来就好了，老接生婆安娜说

这就好了，这说明他活蹦乱跳呼吸正常，她说

是吗，奥拉说

是的没错，老接生婆安娜说

然后奥拉看到玛塔一遍又一遍地轻拍着小约翰尼斯的背然后她说，好了，好了，没事的，别哭了，别哭了，一切都会好的，玛塔就这么说着而她这么说着的时候呼吸依然深沉又缓慢，这是一种来自此刻世界之外的某个澄静之地的呼吸，奥拉就这么想着当他站在玛塔床边的时候而小约翰尼斯哭啊哭啊小约翰尼斯一定可以听到自己的声音响亮地传递到这世界上，而他的哭声充盈了他所身处的这个世界然后一切都不复是温暖暗黑鲜红湿润完整的，现在他自己的动作就是整个世界，是他自己充盈了整个世界而他和他的声音是分离的但与此同时又是一体的还有是啊还有别的什么，某种他既属

于又不属于的东西，因为他的声音穿透了所有这一切又重新返回到他自己身上并且变得越来越响

一切都会好的，奥拉说

而在那里还有其他的声音其他的翅膀其他的光亮它们看上去都别无二致然后一切都从此不同了现在他也是那完整的一部分了

好了，好了，玛塔说

然后就是这澄静又澄静的声音嘘好了嘘啊嘘喔嘘嘘喔呜喔而这一切感觉如此嘘好了这澄静又是如此嘘好了还有这温暖这声音好了嘘如此澄静的温暖然后是突如其来的恐惧，分离，分离，然后，然后还有那方的声音，就在那方，所有那些声音而一切都分崩离析然后还有好了嘘好了而小约翰尼斯就这么哭啊哭啊而一切都分崩离析四分五裂彼此遥不可及还有这哭声一切都浮沉于这澄静的喧嚣之中

我的小约翰尼斯，一切都会好的，奥拉说

他的名字叫约翰尼斯,是的,老接生婆安娜说

然后突然一切都不复澄静一切都变成了尖厉的噪音喧嚣着撕裂复又合拢而嘘嘘没事的然后是那缓慢而又迅猛的动作彼此冲撞又彼此融合而一切都不复清澈一切都只是动作没有色彩甚至没有丝毫悸动一切都不复澄静此刻澄静已超脱于所有这一切之上而一切都是不可分割的然后小约翰尼斯哭了起来他大声地哭着他和他的声音是一体的但与此同时又是分离的而他完完全全只有独自一人没有色彩没有声音没有光亮然后好疼不是他的手臂他的双腿他的肚子在疼而是这光亮好疼这这动作这这呼吸这一切近在咫尺又遥不可及然后是的一定要一定要一定要还有这柔软这洁白这坚硬就在唇齿之间这一切都感觉如此

好了,好了,玛塔说

是的,他的名字叫约翰尼斯就跟我父亲一

样,奥拉说

是啊,他的名字叫约翰尼斯,玛塔说

然后玛塔睁开了眼睛,此刻她才好像是真正在注视着他们了,注视着奥拉和老接生婆安娜

是的,这是个好名字,老接生婆安娜说

是个好名字,她说

我也这么想,奥拉说

他会成为一个渔夫,小约翰尼斯,就像他父亲一样,奥拉说

真好,老接生婆安娜说

是的,是啊,奥拉说

是的他是个健康的好孩子,而且一切都很顺利,老接生婆安娜说

他会成为一个渔夫,奥拉说

一定会的,老接生婆安娜说

是啊瞧这小家伙,现在他不哭了,这小淘气鬼,奥拉说

是的现在他已经真正来到这个世界上了，老接生婆安娜说

然后她说她恐怕该回家了，还有其他女人等着接生呢，她说，所以她最好回家等着万一再有人来找她呢，安全起见，不是吗，她说，所以也许他们该走了？而且划船也需要很长时间呢，老接生婆安娜说然后奥拉点点头说是啊是该走了然后老接生婆安娜对玛塔和孩子说好的好好休息万一有什么事的话就赶紧来找她，老接生婆安娜说，但应该没事的，这她可以肯定绝对没问题的，老接生婆安娜说而奥拉就这么看着玛塔闭着眼睛躺在那儿小约翰尼斯就栖息在她的胸前

是啊我现在应该划船把老接生婆安娜送回去了，是的，奥拉说

而玛塔就这么躺在那儿仿佛根本没有听到他说的话，她就这么安静地躺在那儿，就像睡着了一样，小约翰尼斯就栖息在她的胸前

是吗玛塔,奥拉说

她累了,很累,老接生婆安娜说

是的你去吧,玛塔说

而奥拉看到玛塔并没有睁开眼睛

是的你需要好好休息,老接生婆安娜说

然后她轻轻地拍了拍玛塔的前额

你还得把玛格达接回家来,玛塔说,现在她是真正睁开眼睛在注视着他了

我会的,奥拉说

然后玛塔对奥拉绽开一朵小小的微笑而他用他粗糙细瘦修长的手指轻轻地拍了拍玛塔的前额他可以感觉到她的前额汗津津湿漉漉的然后他轻轻地拍了拍小约翰尼斯的下巴感觉到手指下的面颊是那般奇异地柔软

我们该走了,老接生婆安娜说

是啊我们该走了,奥拉说

II

约翰尼斯醒来了浑身僵硬而酸痛然后他又继续在床上躺了很久床就摆在起居室隔壁布帘遮着的小房间里,他心想自己该起床了,但却依然躺着没动,因为外面也不过是又一个阴沉沉的日子,他肯定,飘着蒙蒙细雨,时来的狂风和晦暗的天空,空气中满是凛冽刺骨的寒意,一年中的这个时节天天都不外如是,那他今天该干点儿什么来打发时间呢?他不能就这么在家里呆坐着,因为自从艾娜去世以后一切都是这么悲伤又孤单,仿佛她走的时候把所有的暖意也一并带走了,是的,他可以把壁炉点起来,还可以把电暖器打开,是啊反正他平时也都是把电暖器开到最大的,而且现在也用不着省钱了,没必要了,自从他的岁数到了可以领养老金以后就没必要了,是的现在他也可以领养老金了就像别人一样，但不管他把暖气开到多大屋子里总也不够暖，而且不管他打开多少盏灯屋子里总也不够亮，所以他还不如就这么在床上躺着吧想什么时候起床就什么时候起床，可就这么颓废下去也不太好，他还是应该振作起来，找点事儿干，不然他会觉得越来越僵硬和头晕的因为他早就不再是什么棒小伙儿了，约翰尼斯想，是啊现在他真的该起床了，他不能再继续这么躺着了，而且他能感觉得到烟瘾上来了，反正抽一根也没坏处，约翰尼斯想，小房间里这么冷，起居室里也这么冷，但厨房里的暖气是整夜开着的所以他可以到那儿去，抽上一根烟，把咖啡煮上然后再弄点儿吃的，他可以给自己做个奶酪三明治当早餐就像每天早晨一样，约翰尼斯想。可是然后呢？然后该干些什么？也许可以出门往西边散散步一直走到海湾去，看看那边怎么样了。如果天气不太糟的话也许还可以开着船出出海，捕捕鱼，是啊听上去还不错，约翰尼斯就这么想着然后旋即意识到其实他每天早晨都是这么想的，他每天早晨想的事儿都一模一样，约翰尼斯想，可除了这些他还能想些什么呢？除了出门往西边散散步一直走到海湾去他还能干些什么呢？约翰尼斯就这么想着，然后他又想他不能再这么垂头丧气心灰意懒的了，其实也没那么糟的，他还有片瓦遮头还能吃饱穿暖，还有孩子们，是啊他还有孩子们，他们都是好孩子，而且他的小女儿西格妮住得也不远她几乎每天都会来看他不是吗她还常常打电话过来，是的当然，而且他还有孙子们，那些小淘气鬼，他们几个都是，而且跟他们在一起的时光总是那么开心，他的孙子们，不，别这样，别就这么自怨自艾地躺着连床都不起，是啊不能再这样了，约翰尼斯就这么想着然后他努力挣扎着从床上坐了起来而突然之间他感觉自己是如此地轻盈，就仿佛所有的重量都已离他而去，约翰尼斯想，是啊这可真是太奇怪了，现在他可以笔直地坐起身来而一点儿都感觉不到疼痛浑身的肌肉和骨头也没有一点儿吃力的感觉，是的他坐起来了，就这么轻松地坐起来了，就好像他还是个棒小伙儿一样，约翰尼斯坐在床边想要是就这么轻松的话那他应该赶紧站起来吧，不是吗，约翰尼斯想然后他站了起来轻而易举然后约翰尼斯就这么站在那儿，是啊他还有点儿站不稳，是啊他还有点儿摇摇晃晃的，是啊，是有点儿，可他感觉自己是如此地轻盈，奇异地轻盈，身体和灵魂都是，约翰尼斯就这么想着然后他看到自己的裤子搭在椅背上还有他的衬衫，他拿起衬衫穿上系好纽扣然后该穿裤子了他拿起裤子重新在床边坐了下来他弯腰先伸进一只腿穿上然后把另一只也穿上而今天弯腰的时候并没有往常那种撕裂般的疼痛接着约翰尼斯轻而易举地就站了起来，是啊这可真是太奇怪了，约翰尼斯想然后他把裤子提起来先把一只背带拉过肩膀穿上然后把另一只也穿上现在他该到厨房去了，因为烟草袋子就放在那儿，就在厨房桌上他常坐的椅子前面，这么多年一直都放在那儿，约翰尼斯就这么想着然后他走进起居室而他看到一切都一如往常，他一直都把房子打理得干净整洁，即使现在只有他独自一人了，谁也不能说约翰尼斯把房子打理得不够整洁，是的没错，约翰尼斯想，而且今天起居室里好像也不太冷，至少不像平时那么冷，其实是一点儿也不冷，既不冷也不热，温暖舒适，就仿佛夏日的清晨，一个平凡而美好的夏日清晨，约翰尼斯想而现在他该到厨房去了卷上根烟再煮杯咖啡，就像这么多年来的每个早晨一样，约翰尼斯就这么想着然后他打开厨房的门而就在那儿就在厨房桌上，一如往常，放着烟草袋子，还有火柴，是啊他想抽根烟，他早晨起来的时候总想抽根烟，可是今天，他想了想，好像一点儿也不想，是啊他不明白，不管怎么说还是先抽根烟吧就像每天早晨一样,约翰尼斯就这么想着然后他走到厨房桌旁拉开椅子坐了下来,厨房里也一样既不冷也不热,约翰尼斯想然后他看向桌子那头这么多年来每天早晨艾娜都坐在那儿而现在那把椅子是空的但是在这个奇异的早晨仿佛她依然坐在那儿,约翰尼斯就这么想着然后他看向厨房的窗户窗外看上去阴沉沉冷飕飕的,可他难道期待过会儿是别的什么样子吗?是啊当然没有约翰尼斯想然后他在椅子上坐了下来就是这么多年来他一直坐着的那把椅子,他坐在桌子这头而艾娜就坐在桌子那头,约翰尼斯想然后他拿起烟草袋子卷了根烟,粗粗的一根接着他拿起火柴把烟点上深深地抽了一口接着又抽了一口而一直以来每抽一口烟他都能感觉得到烟雾是如何穿越他的四肢百骸,是如何让他平静下来的或者不管你怎么说吧,约翰尼斯想,但今天他什么也感觉不到这可真是太奇怪了,因为这么多年来他一直都觉得只有早晨起来先点上根烟深深地抽上几口之后仿佛他才能真正地醒过来,约翰尼斯就这么想着然后他站起身来嘴里依然叼着那根烟拿起咖啡壶走到水槽边,打开水龙头把水壶装满,然后关上水龙头把水壶放在炉子上,接着打开煤气然后他就这么站在那儿注视着咖啡壶这么好看这么闪亮然后他脑海中浮现出一个金属鱼饵这么好看这么闪亮可就是这个鱼饵,那天他和彼特一起出海去捕鱼的时候,它就是不肯沉到水里,是啊真教人不敢相信,约翰尼斯想,怎么会呢他想当时他把鱼饵抛进水中然后它就停在船舷之下大约一米的地方一动不动了就在最最清澈的水中停在那儿一点儿也不肯往下沉了,想想看怎么会发生这样的事呢,这到底意味着什么呢?难道彼特说的真是对的吗当他说这大海再也不想跟约翰尼斯有任何联系了的时候?这可能吗?约翰尼斯想,可他为什么会想到这些呢,为什么他脑海中会浮现出那个停在船舷之下大约一米的地方一动也不动的鱼饵呢而渔线就这么漂浮在水面上还有他自己就这么站在那儿把渔线收回来再抛出去一遍又一遍，而且即使他走到船的另一边再去试也还是一样，是啊，真的，是啊这怎么可能呢，约翰尼斯就这么想着然后他想鱼饵不肯往下沉这事儿他谁也不能说，反正说了也不会有人信的，他们只会觉得他是在编故事要不就是脑子有毛病，约翰尼斯想然后他看见水开了他走过去把咖啡壶从炉子上拿下来关上煤气然后往咖啡壶里放了跟平时一样分量的几勺咖啡粉，是啊不管怎么说现在可以做杯咖啡喝了，约翰尼斯想，然后最好再做个三明治，尽管今天早晨他不怎么想吃东西，就像平时的每个早晨一样，但今天早晨最好还是吃个三明治吧，约翰尼斯就这么想着然后他把烟搁在烟灰缸里，走到厨房料理台前打开放面包的橱柜拿出剩下的面包

都干了，又干又硬，约翰尼斯说

然后他把面包放在料理台上拿起面包刀给自己切了一块又在面包上抹了很多黄油再用刀切了一块厚厚的奶酪

是的你得吃点东西，约翰尼斯说

然后他从厨房料理台上拿起咖啡杯，是啊他总是不洗杯子可这又怎么样呢？反正现在他只有独自一人了，约翰尼斯想，他走到水槽前把杯子冲了冲然后给自己倒了杯咖啡，小心翼翼地尝了尝然后把杯子放在厨房桌上，拿起奶酪三明治，坐了下来，咬了一口咀嚼着，然后又喝了一口咖啡，继续仔细咀嚼着，可他什么味道也感觉不到，既不好吃也不难吃，约翰尼斯想，他努力把东西咽下去，又喝了一口咖啡，接着再咬了一口三明治，然后又喝了一口咖啡，是的很好，约翰尼斯想

很好，是的，约翰尼斯说

现在该再抽根烟了，约翰尼斯想然后他从烟灰缸里拿起烟点上，抽了一口接着再是一口

然后又喝了一口咖啡现在好多了不是吗？是啊的确好多了是的，约翰尼斯想，现在天已经开始亮起来了他可以往西边散散步一直走到海湾去了，或者也许该骑自行车去？这也没什么不好的因为路其实没那么陡，那就骑自行车吧他可以先到车棚里去看看车子怎么样了，约翰尼斯想，是啊为什么不骑自行车去呢？约翰尼斯想，可他应该先把三明治吃完然后再喝杯咖啡，那时候天就更亮了，约翰尼斯想然后他把烟放了下来现在他应该什么也不想先把三明治吃完，他拿起三明治继续咀嚼着然后继续喝着咖啡现在终于差不多吃完了他把面包皮放在厨房桌上，这个就不用吃了这点小小的自我放纵应该还是可以的，约翰尼斯想然后他拿起烟草袋子又给自己卷了根烟接着他拿起火柴点上然后嘴里叼着烟手里拿着咖啡杯站起身来走到炉子旁又给自己倒了一杯咖啡然后他再次在厨房桌旁坐了下来要不是鱼饵有问题的话要不是那次它怎么也不肯往下沉的话那他今天就可以去捕鱼了，他真的想去可要是像那天那样的话，要是他把鱼饵抛进水里而它却不肯往下沉的话，那就算了他就不去捕鱼了，或者也许？也许今天他可以只是开着船出出海？就算出海也不一定非要捕鱼啊约翰尼斯想，而且要是艾娜也在的话就好了约翰尼斯想，是啊谁能想得到呢她就这么突然走了，一点儿预兆都没有，她去世之前的那天晚上他们还一起坐在厨房桌旁争论着什么，他都不记得争论的是什么了，但肯定是有什么不是吗，然后他们就只好去睡觉了，他在楼下的小房间里，她在楼上的阁楼里，就像这么多年以来一样，然后第二天早晨她就再也没有下楼来一切就是这样，约翰尼斯想

是啊是的，他说

生活就是如此，他说

是啊现在我真的该走了，他说

然后约翰尼斯把烟掐灭，站起身来，拿起

咖啡杯走过去把它放在厨房料理台上接着拿起那袋烟草走进客厅他的外套就挂在那里的衣帽钩上他穿好外套把烟草放进口袋那边架子上就放着他的帽子他把帽子也拿起来戴上,现在他最好去上个厕所,看看能不能把早餐清空一点儿,可现在又不想上,约翰尼斯想,所以也许他该先去车棚看看?约翰尼斯想,他已经很久都没去车棚了,是的也许他该先去那儿看看,他是该先去车棚看看,是啊看看情况怎么样,约翰尼斯想,然后他穿过院子,走到车棚前,他打开车棚的门,角落里放着他老旧的自行车该死要是轮胎没瘪就好了,是啊真的瘪了,约翰尼斯想,然后他想是的多半是轮胎上破了个洞,这样的话他还是只能走着到西边的海湾去了然后下午再回来修自行车,这样他就有事儿干了,约翰尼斯就这么想着然后他转身走出车棚却又在门口停住了脚步他突然觉得,是啊该怎么说呢,他突然觉得好像有个声音在告诉他回去，转身回去，约翰尼斯，好好看看，那个声音好像在说，约翰尼斯不明白可他觉得自己应该听从那个声音所以他最好还是转身回去走进车棚里再看看一切是否正常吧，但是为什么呢？约翰尼斯想，到底为什么他会觉得自己应该转身回去走进车棚里再看看呢？以前他从未有过这种感觉不是吗？也许是车棚里出了什么问题？约翰尼斯想，然后他想是啊现在他真是连自己都搞不明白自己了可他最好还是走进车棚里再看看不是吗，他就这么想着然后回转身走进去就这么站在那儿看着自己的自行车，还有那两个洗衣盆，还有锯木架，还有那边墙上挂着的耙子和铲子，而这每一样东西都有着自己的重量，每一样东西都以独特的方式彰显着自己的存在同时也彰显着它曾经被使用劳作过的一切而每一样东西都是如此老旧，就像他自己一样，可它们又都是如此安于自己的重量这澄静他见所未见，可他这是怎么了？就这么站在那儿看着车棚里这些老旧的东西？他为什么要这么做？就这么站在那儿满脑子都是这些漫无边际的念头，约翰尼斯想，可这里的每一样东西，他清楚地看到，既彰显着所有曾经的劳作所带来的重量却又是那么地轻盈，如此地轻盈，如此令人难以置信地轻盈，约翰尼斯想，想想看这些洗衣盆艾娜曾经用过多少次啊，在买洗衣机以前她曾经用这些洗衣盆洗过多少衣服呀，是啊，真的洗过好多好多衣服呢，现在艾娜已经离开这么久了而这些洗衣盆却依然在这里，是的生活就是如此，人已经不在了而东西却依然在，而且车棚上面的阁楼里还有这些年来他所搜集的那么多东西呢，各种各样的渔具各种各样的工具，是啊他也应该到上面去看一眼，约翰尼斯想，而且今天爬车棚的楼梯多半也没什么问题，今天早晨他醒来的时候就觉得又精神又轻盈不是吗，又像个棒小伙儿了，约翰尼斯想，然后他开始顺着车棚那窄窄的楼梯往上爬，与其说是楼梯毋宁说是梯子，而他轻而易举地就爬了上去然后是阁楼地板的活板门这他得用力才能举起来而今天这多半也没什么问题约翰尼斯想然后他举起一只手臂就这么轻而易举地把活板门推开了，就好像它全无重量似的，如此轻而易举不费吹灰之力，如此轻而易举令人难以置信，约翰尼斯想，然后他爬进车棚的阁楼里游目四顾而目光所及的一切都如此闪亮，天哪他从来没见过这样的景象，约翰尼斯想，这可真是太奇怪了，所有的工具都依然放在老地方，几乎每一样东西都那么老旧，可现在不知怎么几乎每一样东西都在闪耀着金色的光晕，天哪，上帝啊，约翰尼斯就这么想着然后他站直身子注视着这一切他想从某种程度上说一切都还是老样子但与此同时一切也都截然不同了，每一样东西都依然那么平凡无奇，可不知怎么又都变得庄严闪亮，如此沉重，那是仿佛比它们自身要重得多的重量但与此同时却又轻若无物，约翰尼斯想，那他喜欢这一切吗？不说不上喜欢，因为当然车棚和阁楼都还是老样子，只是此刻他看到和感受它们的方式截然不同了而这他可一点儿都不喜欢，约翰尼斯想，所以他最好还是再顺着楼梯爬下去吧，尽管就这么站着游目四顾看着每一样东西都如此沉重却又如此轻盈感觉似乎也挺不错的，这些东西既彰显着所有曾经的劳作所带来的重量，所有那些劳作，但与此同时却又轻若无物，仿佛它们既纹丝不动但与此同时却又悬浮空中，不他最好还是从阁楼上下去吧，约翰尼斯想，他不能就这么站在那儿满脑子都是这些漫无边际的念头，就像个疯老头，站在那儿看着这些平凡无奇的东西却仿佛它们压根儿就不存在似的，约翰尼斯想，尽管就这么看着感觉似乎也挺不错的，他想，可他不能再继续这么站着了，约翰尼斯想然后他转身走到楼梯旁拉起活板门的把手接着牢牢抓住它顺着陡峭的楼梯慢慢往下爬然后他又在楼梯的中间停了下来头还露在地板上方手里还举着活板门他就这么站在那儿注视着阁楼里的一切而此刻仿佛有一束美妙的光将所有这一切都层层覆盖于是每一样东西便都截然不同了可他现在真的该下去了，约翰尼斯想然后他继续顺着楼梯往下爬了几级关上了头顶的活板门他爬下楼梯向着车棚门口走去把门在身后关上的时候没有回头，就这么走了出去是啊现在他最好先去上个厕所，约翰尼斯想，在他走着到西边的海湾去以前，可他想上厕所吗？不想，不是吗？约翰尼斯想，要是这样的话那不如现在就开始走着到西边的海湾去吧，不是吗，去看看他的船，他那艘亲爱的老破船，是的，约翰尼斯想，而且既然天气不算太糟也许他还可以到海上去转转，他不会划出去太远的，肯定不会再往西划到外海上去的，但沿着岸边划一会儿还是可以的，他不想去捕鱼，是的他肯定再也不会捕鱼了自从那次不管他再怎么努力也不能让鱼饵沉到水里之后，他就决定捕鱼这事儿就到此为止了，他再也不会捕鱼了，谁爱去谁去吧，反正他是再也不去了，约翰尼斯就这么想着然后他开始沿着街往前走，至少他还能走到西边的海湾去，约翰尼斯想，说不定路上还能遇到什么人聊聊天，约翰尼斯想，然后他注视着彼特的房子而这幢房子看起来好像也不一样了，以前它看起来不是这样的，此刻不知怎么它看上去仿佛也变得更沉重了，此刻它好像是更坚实地伫立在地面上而与此同时却又显得如此轻盈，就仿佛此时此刻它便能向着浩渺的天空飘浮而去似的，但即便如此那必然也是一种澄静的飘浮，就好像这飘浮毫无出奇之处一般，而彼特家房子的窗户们不知怎么也在澄静地注视着他就仿佛它们都是人类似的，都是老朋友，而它们也的确是他的老朋友因为他到彼特家去过那么多次，约翰尼斯想，是啊他去过那么多次，自从他和艾娜还有五个孩子买下那幢老房子然后搬到这里住下来之后，当时他们在霍曼住不下去了，那里实在是太远离人烟了而且他和他的父亲奥拉相处得也不好，再说当时他们又有了两个孩子，西格妮和小奥拉，是的不管怎么说还是得有个孩子随他父亲的名字不是吗，约翰尼斯想，是啊他们一起生养了七个孩子，他和艾娜，而且他们都好好地长大了不是吗，每一个都好好地，再说他的小女儿，西格妮，几乎每天都会来看他不是吗，一般她出门买东西的时候都会顺道过来看看他，而且还常常打电话过来，是啊的确如此，约翰尼斯就这么想着而他依然注视着彼特的房子这些年来他们连头发都是彼此帮着剪的不是吗，彼特和约翰尼斯，是啊的确如此，不但省下了不少钱，而且还让彼此都看起来体体面面整整齐齐的，可现在，彼特已经死了，是啊彼特走了真是太让人难过了，约翰尼斯想可现在该继续往下走了，他想，沿着这条街一直往前走他就可以走到小山顶上去看看西格妮的房子，西格妮和她的丈夫莱夫还有三个孩子一起住在那幢房子里，是的，西格妮，他的小女儿，在他晚年的时候给予了他最大的帮助，这并不奇怪因为西格妮和约翰尼斯爸爸，她总是这么叫他，他们一直都很亲密，不知怎么他们仿佛能够真正明了对方，不知怎么，是啊，而且虽然其他几个孩子也都住在岛上但只有西格妮就住在步行范围之内，约翰尼斯一边就这么想着一边往山上走去然后他想可现在一切似乎都变得不一样了，每一样东西每一幢房子看上去似乎都不一样了，似乎更沉重也更轻盈了，就仿佛此刻那些房子里承载着更多的大地和天空似的，是的仿佛就是如此，约翰尼斯想然后他登上了山顶而那一边，就在山的那一边，其中的一条山脊上，坐落着西格妮家的房子，一幢好看的白色小房子，就这么伫立在那里，她把生活打理得很好，西格妮，有房子有家庭，有丈夫有孩子,她一直都过得很好,西格妮从来就没出过什么乱七八糟的事儿,是啊约翰尼斯想也许他该到西格妮家去看看?因为她丈夫莱夫现在应该已经上班去了,是的他肯定已经走了,约翰尼斯想然后他停下脚步从裤子口袋里掏出老怀表来看了看现在才刚过一刻钟,天哪今天他出来得实在是太早了,他怎么总是这么早就醒呢,怎么就不能再多睡一会儿呢,但其实一直都是这样的不是吗,他早晨一直都醒得很早而且以前比这还要早,他一直就醒得很早,约翰尼斯想,不过今天出来得也实在是太早了,要是能再晚一个小时出来的话那他就能到西格妮家去了然后西格妮会给他做杯咖啡然后他们可以聊聊天气啊风啊什么的,可现在还这么早西格妮不会起来的,或者说不定她已经起来了,她丈夫莱夫也早早出门上班去了,所以可能她已经起来了但孩子们说不定还在睡觉呢而且西格妮早上起来总是有一大堆事儿要做，所以也许他最好还是先走到西边的海湾去，看看那艘船，兴许还能划上一圈，天气也没那么糟，约翰尼斯想，可乌云很快就要回来了，雨也很快就要回来了还有风，约翰尼斯一边就这么想着一边穿过了荒野现在他应该在这里往右转了然后沿着这条路一直往前走就是海湾他可以去看看那艘船兴许还能开船出去沿着岸边划一会儿，但不会划到外海上去，不会划到西边的大洋上去，约翰尼斯就这么想着然后他沿着荒草漫生的小径向海湾走去，那里停泊着他自己的船还有彼特的船还有莱夫的船还有其他好几艘船都停泊在那儿，然后他停下脚步俯瞰着海湾边的那些船屋他可以感觉得到它们仿佛也不一样了约翰尼斯就这么站在那儿，闭着眼睛，这是怎么了？因为他眼中看到的一切仿佛都不一样了，他再次注视着那些船屋而它们，此刻，仿佛也变得如此沉重而与此同时却又如此奇异地轻盈着，天哪不今天他到底是怎了？约翰尼斯想，是啊他可能永远也搞不明白，约翰尼斯想，就连那些船屋看上去都不一样了，此刻，这一切可能都是他自己脑子里幻想出来的，反正他搞不明白到底发生了什么，而且如果的确是有什么发生了的话，那多半也只是他自己脑子里幻想出来的，可这一切会不会都是真的呢，不仅仅是他自己脑子里幻想出来的？会不会的确是有什么发生了，就算不是什么大事儿只是这世界发生了某种极其细微的变化，而这就是他觉得一切看上去都不一样了的原因？可他自己还是原来那个老家伙不是吗？还是他自己也变了？今天早晨起床的时候他不是感觉到身体奇异地轻盈了吗？车棚里的楼梯他不是像个棒小伙儿一样那么灵活地就爬上去了吗？可这条通往船屋的小径还是原来那条荒草漫生的小径啊一如既往，而山顶这些石头也还是原来那些久经风霜的石头，荒野一如既往，今天早晨家里的一切也都一如既往，他还一如既往地给自己卷了根烟抽不是吗又给自己做了咖啡还有奶酪三明治，今天早晨一切都一如既往与从前的任何一个早晨都别无二致，只不过从前这一切都要美好得多，那时艾娜还活着，彼特也还活着，现在一切都是这么悲伤又孤单，所有这些早晨，房子也总是那么潮湿又阴冷，是啊是幢老房子了四处漏风今天早晨的面包也又干又硬，不过他从来都是把剩面包全部吃完以后才会再买新的，不这事儿他可不会干，他从来不浪费，从来不，他必须节俭，要不然他们怎么糊口呢，他和艾娜和七个孩子？因为他从来就赚得不多，尽管他一直日以继夜地工作着，如果捕鱼收成好的话还可以勉强糊口，可如果捕鱼收成不好的话，而这是经常的，那贫苦就真的要来敲门了，而且如果不是杂货商斯坦好心让艾娜赊账的话，他真的不知道会怎么样，如果他们不是靠着捕鱼糊口的话，那情况真的会很糟糕，一般说来他捕的鱼至少还够他们自己填饱肚子的，这样至少他们还有吃的，喝的也有，水是不缺的而且是免费的，衣服也有，是啊至少孩子们没有衣不蔽体赤着双脚，尽管他们的衣服都是大孩子没法穿了再传给小孩子，过段时间就得缝缝补补改一改，鞋子也都是这么传下来的，鞋匠雅各布也几乎是一直在免费给他们修鞋直到实在不能再穿了为止，是的鞋匠雅各布是个信仰虔诚的好人，的确如此，毫无疑问，而且尽管他自己信仰虔诚却从来不去试图说服他人，他所信仰的那个上帝已经从这个邪恶的世界消失很久了，鞋匠雅各布说，难道会有任何人相信当下这个世界是由一个充满慈悲全知全能的上帝统治的吗？鞋匠雅各布说，不，他所信仰的那个上帝，所有明了真相的人们所信仰的那个上帝，是当下这个世界里所不会存在的神，尽管祂尚未完全消失，但仍有其他的神，另外一个上帝，统治着当下这个世界，鞋匠雅各布就是这么说的而且他说得没错，约翰尼斯想，在这一点上他完全认同鞋匠雅各布所说的话，但正因如此很多人认为鞋匠雅各布是个不敬上帝的人，是啊他们就是这么想的，可这又怎么样呢？约翰尼斯想，鞋匠雅各布是个善良体贴的好人他善良到连工钱都不收，是的鞋匠雅各布是个好人，就住在街角那幢小房子里，可现在连他也不在了，很快跟他差不多岁数的人就要都不在了，约翰尼斯想，要是能跟鞋匠雅各布聊聊天该多好啊，是啊他帮过他们那么多回，有段时间生活特别艰难的时候他还借过钱给他们当然后来钱都还上了，一分也不少，约翰尼斯还想付利息，可鞋匠雅各布不想当个放高利贷的，他说得很清楚，一分也别多一分也别少约翰尼斯借了多少就还多少，鞋匠雅各布，是的他是个好人，约翰尼斯想，是啊不管怎么说他们还是活下去了，而约翰尼斯从来都不舍得在自己身上花钱，好吧烟草得买，没有烟草他可撑不下去，还有咖啡只要他们能负担得起的话，是的他们一直都尽量让家里有咖啡喝而现在既然他可以领养老金了那咖啡和烟草就都不缺了今天他还喝咖啡了呢，今天早晨就像每个早晨一样，所以这么看起来一切都还是正常的，一切当然都是正常的，但与此同时不知怎么一切也都截然不同了，不是吗，还是其实并没有？约翰尼斯一边就这么想着一边站在那儿注视着头顶的天空，可天空，依然，一如既往，今天早晨的天空就像几乎每个早晨的天空那样阴沉沉的。一切都是老样子，约翰尼斯想。而他也依然是老样子，是啊是老了，的确如此，毫无疑问，但还是很健康硬朗，是的没错，今天早晨他还觉得自己敏捷矫健就像个棒小伙儿呢，可这会儿是不是一只手感觉有点儿麻了？就好像它睡着了漂走了一样？是啊的确如此不是吗？约翰尼斯一边就这么想着一边试着举起手臂好吃力啊几乎抬都抬不起来，然后他注视着自己饱经风霜的手指看见每

一根手指尽头指甲盖都开始变蓝了

　　不不,这是怎么回事,约翰尼斯说

　　这可真是太奇怪了,他说

　　然后他试着甩甩手可一点儿用也没有而且说真的这又能有什么用呢?约翰尼斯想,还有他的脸是不是也开始有点儿麻了?是啊的确有点儿,约翰尼斯想,可他一直都很健康硬朗啊,所以也许这一切都是他自己脑子里幻想出来的,也许他该开船出去转转,像以前那样去捕点儿鱼,是的就这么办,就算那天鱼饵不肯沉到水里又怎么样呢他就是要去捕鱼而且万一他真的能捕到鱼的话还可以直接划到镇上去把船停泊在码头上看看能不能把鱼卖了,是的就这么办,约翰尼斯想,就算他早就下定决心不再捕鱼了又怎么样呢,管他呢,因为这么美好的一个清晨除了划船到海上去转转难道他还有什么别的事好做吗?除了这个他还能干什么呢?而且昨天和前天也都是这样的不是吗?每天早晨都是这样的不是吗？他不是每天早晨都会划船出去的吗，或者几乎是每天早晨，只要天气不是太糟？是啊的确如此，但这些早晨没有一个是开心的，早晨起来的时候房子里总是那么潮湿阴冷而且就算几乎每天都是灰蒙蒙冷飕飕的但早晨的时候总是更加灰蒙蒙更加冷飕飕，而且早晨的时候天空也是最压抑的，是的他敢肯定，即便偶尔有一个清新明亮的夏日早晨也并无不同，即便那时的天空湛蓝，即便清早的天空晨光熹微柔软轻盈，是啊也曾有过这样的时刻，当然有过，可他眼中看到的却并非如此，他常常会想为什么每个早晨都让人觉得这么灰蒙蒙冷飕飕的呢不管天气是轻盈柔软还是晦暗无光，甚或是漆黑一片，是啊不管是不是这么悲伤又寒冷。他从来就不喜欢早晨，这么多年了他从来就没喜欢过以至于每天早晨他一起床就会呕吐，在他胃的深处仿佛有一股压力有什么东西想要涌上来而它也的确涌上来了，不多，常常只是干呕，空气和黏液，尽管偶尔一次他也能痛痛快快地在夜壶里吐上那么一回，这么多年了一直都是如此——醒来，起床，干呕。但接着就好了，吐完了就好了。然后他就会觉得好一点儿了。然后一天才能真正开始，但今天他没吐过，不是吗，虽然自从艾娜死了以后他每天都吐。所以今天早晨的确是跟别的早晨不一样。而且他真的吃过早饭了吗？其实这仅仅是他觉得自己应该去做的事而已不是吗？觉得该给自己做个奶酪三明治煮点儿咖啡？不这些事他当然真的全都做了，三明治吃了咖啡也喝了还抽了好几根烟呢，约翰尼斯想，是啊很可能这些事他真的全都做了，约翰尼斯一边就这么想着一边沿着荒草漫生的小径向海湾走去。现在他可以划船出海去转转了，因为今天的大海是如此宁静，他停下脚步眺望着大海，抬起手遮住刺目的阳光，说不定还能大胆地再往西去一点儿？不这可不是个好主意因为他现在已经搞得就剩下这么一艘小小的手划船了，真倒霉，实在是太倒霉了，他的捕鱼船已经沉到海底去了，有个狂风暴雨的晚上缆绳断了船就这么在海峡上撞成了碎片还有渔网渔线和各种各样的鱼钩全都毁了，是的，损失惨重，约翰尼斯想，可像今天这样的好天气就算只有手划船应该也可以大胆地再往西去一点儿吧，他能行的，约翰尼斯一边就这么想着一边向海湾走去，可是那儿，站在岸边的那不是彼特吗？是啊真的是彼特，好吧，那他就停下来跟彼特聊聊天吧，他多半是来检查捕蟹笼的，约翰尼斯想

又见面了，彼特，约翰尼斯喊

彼特回转身瞥了约翰尼斯一眼

是啊你是早上出来散步的，我明白了，彼特说

你是来检查捕蟹笼的吧，约翰尼斯说

是的，我得来看看，彼特说

昨天的收成好吗？约翰尼斯说

昨天的收成还真不是一般地好，彼特说

不是一般地好？约翰尼斯说

是啊昨天你真应该和我一块儿来的，约翰尼斯，彼特说

你真应该和我一块儿来的，是的，他说

因为昨天，是啊我这辈子从来没捕到过像昨天那么多的蟹，他说

又大又肥，他说

而且我全都卖光了，一只也没剩，他说

彼特握拳拍了拍自己连身裤的胸袋

今天我可能会试试看能不能捕点儿比目鱼，约翰尼斯说

你放好渔线了吗？彼特说

没有今天我想试试抛竿，约翰尼斯说

抛竿，彼特说

是的抛竿，约翰尼斯说

是啊，你这人向来都很奇怪约翰尼斯，彼

特说

然后约翰尼斯突然停下了脚步就这么站在那儿注视着海岸刚刚彼特还穿着他那件旧旧的连身裤伫立在那儿呢接着约翰尼斯快步走到岸边他是不是闻到彼特烟斗的烟味儿了？是啊真的闻到了，可是彼特在哪儿？约翰尼斯一边就这么想着一边深深地呼吸着咸咸的海风和彼特烟斗的烟味儿一遍又一遍可是刚刚他还在跟彼特说话呢而且彼特还说，他总是这么说，说昨天捕蟹笼的收成特别好，所以他现在有钱了，是啊约翰尼斯也应该一块儿来的，可现在呢？彼特去哪儿了？他到底去哪儿了？约翰尼斯就这么想着可他怎么也搞不明白，因为刚刚他不是还看到彼特站在岸边吗，就在此刻约翰尼斯所伫立的地方，站在那儿和他说着昨天捕蟹笼的收成好极了蟹又大又肥而现在彼特已经不见了他的捕鱼船也不见了，约翰尼斯哪儿都看不到彼特的捕鱼船，哪儿都看不到，可是刚刚彼特还在这儿呢,他们还说话来着,他应该到堤坝上去看看能不能找到彼特捕鱼船的缆绳,可是他的浮标呢,他自己的系泊浮标怎么也找不到了?这是怎么回事?这可真教人害怕,约翰尼斯想,那刚刚跟彼特说话啊什么的都是他自己脑子里幻想出来的吗?不当然不是,刚刚他还站在这儿跟彼特说话来着这就跟他的名字叫约翰尼斯一样确凿无疑。的确如此,毫无疑问,约翰尼斯想。刚刚他真的和彼特说话来着,约翰尼斯想。可这到底是怎么回事?一切似乎都不一样了但与此同时一切也都一如既往,一切似乎都还是老样子但与此同时一切也都截然不同了,约翰尼斯想。可彼特到底去哪儿了呢?他是在逗他玩儿吗?这到底是怎么回事?不他必须马上镇定下来然后大声呼喊彼特,可是他能吗,老头儿一个了,就这么站在这儿大声呼喊彼特的名字?他不能可彼特到底去哪儿了呢?

彼特，彼特，约翰尼斯喊

他放眼眺望着大海

彼特，他再次喊道

然后约翰尼斯听到了一个声音这声音告诉他必须要下定决心了而这是彼特的声音，但他这么说到底是什么意思呢？现在约翰尼斯是彻底搞不明白了，彻彻底底，他一边就这么想着一边回转身而彼特就伫立在岸边，就像刚才一样，就像什么都没发生过一样然后约翰尼斯想彼特真的是在逗他玩儿呢现在该他逗逗彼特了接着约翰尼斯走到岸边而彼特就这么站在那儿眺望着西边的外海然后约翰尼斯想他该怎么办呢，不管彼特到底是怎么了他总得让他清醒过来，那老头儿就这么站在那儿眺望着西边的外海，也许他该找块卵石把他砸醒？是的约翰尼斯这是个好主意，约翰尼斯就这么想着然后他小心翼翼地悄声弯下身，这样彼特就听不见他在干什么了，他找到了一小块卵石然后又小心翼翼地悄声直起身，他把卵石举过头顶以一个优美的弧线抛了出去然后卵石下落击中了彼特的后背可这是怎么回事，不这怎么可能呢，卵石穿过了彼特的后背然后击中了岸边的一块大圆石又弹起来落到了水边，这到底是怎么回事？约翰尼斯一边就这么想着一边揉了揉眼睛然后有什么突然攫住了他，愤怒抑或是恐惧，然后他捡起一块更大的卵石举了起来一直举到脑后接着用尽全力向着彼特的后背抛去然后卵石，天哪不，卵石直接穿过彼特的后背穿过水面激起了一大片水花然后远远地掉进了大海。天哪不，约翰尼斯想，天哪不。

嘿彼特，约翰尼斯说

嘿彼特，你好吗彼特，他说

而约翰尼斯听得出自己这样说是多么毫无意义然后彼特回转身向着约翰尼斯走来

是啊还是老样子，彼特说

还是老样子，是的，他说

说不上太好,不过反正从来也没怎么好过,他说

然后彼特在约翰尼斯身边的一块岩石上坐了下来而约翰尼斯依然伫立在那里彼特就这么坐在那儿眺望着西边的外海然后他从连身裤的胸袋里掏出烟斗又摸出一盒火柴点着了烟斗约翰尼斯深深地呼吸着混合着咸咸海风的烟草甜香然后约翰尼斯想他自己也该卷根烟抽他把烟草袋子从外套口袋里掏了出来

原来你也想抽一口啊,约翰尼斯,彼特说

约翰尼斯开始卷着烟

是啊我想抽一口,约翰尼斯说

是该歇歇了,是的,彼特说

是啊,约翰尼斯说

他找不到火柴了,那就跟彼特借个火吧

彼特,我好像忘记带火柴了,能借个火吗,他说

当然,彼特说

彼特摸出火柴递给约翰尼斯然后约翰尼斯点上烟他们就这么肩并肩坐在那儿，约翰尼斯和彼特，他们就这么抽着烟眺望着西边的外海然后约翰尼斯想这可真是太奇怪了，他抛出去的那两块卵石，它们怎么会直接就穿过了彼特呢，不这绝对不可能，这一定是他自己脑子里幻想出来的就是这么回事因为像这样的事是绝对不可能发生的，约翰尼斯就这么想着然后他想也许他可以问问彼特他是不是能摸摸他，可是不他怎么能这么做呢，彼特会怎么想呢，约翰尼斯想，不他不能这么做，他，约翰尼斯，怎么能问彼特他是不是能摸摸他呢？不凡事都得有个限度，约翰尼斯就这么想着然后他想也许他可以试着随意蹭蹭彼特的肩膀啊什么的，这应该不算太过分吧不是吗，约翰尼斯想

是啊差不多该再剪个头发了，彼特说

是啊说得没错，约翰尼斯说

然后他看到彼特的头发已经很长了全都

花白了，又细又稀薄，自肩头垂落，不天哪不彼特的头发都这么长了，约翰尼斯想，天哪自从他上次到他家去帮他剪头发都已经过去这么久了

我们帮彼此剪头发可是省下了不少钱呢，彼特说

是啊说得没错，约翰尼斯说

可你现在真的该再剪个头发了，约翰尼斯说

你的头发已经太长了，都到肩膀下面了，他说

是的没错，彼特说

我最好帮你剪个头发，约翰尼斯说

是啊最好是，彼特说

约翰尼斯注视着彼特把旧烟斗从嘴边拿开

我们帮彼此剪头发都这么多年了，约翰尼斯说

让我想想，约翰尼斯说，我想应该有

是啊差不多该有四十年了吧，彼特说

不止呢，我想差不多该有五十年了，约翰尼斯说

他注视着彼特注视着他长长的头发，彼特的头发从来没有这么花白这么长过，长到自肩头垂落长到就这么花白地自背脊垂落而且以前彼特从来就没把头发往后梳过，约翰尼斯想，以前彼特的头发从来就没长到能往后梳过，约翰尼斯想，而现在他的头发都到肩膀下面了，是啊彼特真的该再剪个头发了，约翰尼斯想

是啊你是该剪个头发了，约翰尼斯说

你的头发都到肩膀下面了，他说

想想看自从上次我帮你剪头发都已经过去这么久了，他说

是的我最好到你家去给你剪个头发，约翰尼斯说

是啊没错，彼特说

也许我可以今天下午过来，约翰尼斯说

好啊来吧,彼特说

不过我得先去看看捕蟹笼,他说

是的是该去看看,约翰尼斯说

是的是该去看看,彼特说

那最近捕鱼的收成还不错,约翰尼斯说

是啊捕鱼的收成还不错,彼特说

我这辈子从来没捕到过这么多的蟹,他说

这么多蟹,又大又肥,他说

真的吗,约翰尼斯说

而且我全都卖光了,彼特说

我刚到码头船还没停好呢他们就都来了,最急切的顾客是老派特森小姐,他说

然后彼特咧嘴一笑注视着约翰尼斯,仿佛是在提醒他什么事一样而约翰尼斯吓了一跳害怕地睁大了眼睛注视着彼特

老派特森小姐,约翰尼斯说

是啊,她来了,每天都来,我船还没停好呢她就来了,彼特说

不，你在开玩笑，约翰尼斯说

我在开玩笑，彼特说

不绝对没有，他说

老派特森小姐，是啊老派特森小姐，他说

然后彼特有好一会儿没说话，接着他再次注视着约翰尼斯

你还记得她，我知道你记得，彼特说

是啊我当然记得，约翰尼斯说

然后约翰尼斯垂头盯着地面他觉得此刻自己必须得说点儿什么，他不能让彼特就这么坐在那儿说着老派特森小姐还有她从他那儿买的那些螃蟹啊什么的，这可真是太丢脸了，因为老派特森小姐去年就已经死了，还是前年，反正她已经不在这个世界上了

好吧我得干活了，彼特说

然后他站起身来。约翰尼斯依然坐着没动他注视着就这么站在那儿然后转身望向他的彼特

你最近跟鞋匠雅各布聊过天吗，彼特说

不，好久没聊过了，约翰尼斯说

我想今天晚上到他那儿去一下，彼特说

你有活儿要让他干啊，约翰尼斯说

是的，彼特说

然后他抬起一只脚给约翰尼斯看看他的靴子

裂了个大口子，瞧瞧，就在边上，他说

彼特指了指靴子上裂开的一个大口子

是啊鞋匠雅各布肯定能修好的绝对没问题，约翰尼斯说

肯定能，彼特说

鞋匠雅各布是个好人，他说

是的他是个好人，约翰尼斯说

也许你会想和我一起去，反正你那些渔网又不会自己长腿跑了不是吗，彼特说

是啊也许可以，约翰尼斯说

然后他想彼特肯定以为他是来收网的，可

他不是，而且他刚才也没这么说过肯定没有，约翰尼斯想

好啊来吧，我们先去看看捕蟹笼，然后一起去镇上把船停泊在码头上，彼特说

是啊也许可以，约翰尼斯说

而且那样你就能再见到老派特森小姐了，彼特说

然后彼特注视着他眼睛里闪着狡黠的光然后约翰尼斯想不彼特真的有点儿玩过火了，她都死了至少一年了，老派特森小姐，而且就这么谈论着她好像她还活着似的这可真是太丢脸了，约翰尼斯一边就这么想着一边站起身来

好啊来吧，彼特说

是啊为什么不呢，约翰尼斯说

然后彼特和约翰尼斯一起沿着海岸走着而约翰尼斯想看哪彼特几乎连走都走不动了，他好像是一步一步在爬但与此同时却又有点儿左右踉跄着，每一步跨出去都好像马上就要跌倒

了，而且看哪彼特都瘦成什么样子了，还有他的头发都这么花白这么长了，真的该剪了，约翰尼斯就这么想着然后他们走到了堤坝上然后彼特开始把船往岸边拖而约翰尼斯想今天浪这么大其实划船出海会不太安全的，可他怎么能这么想呢，他都当了一辈子渔夫了而现在却不敢出海了，不他到底是怎么了，今天就是跟别的日子不一样，今天是只属于今天自己的，今天一切都跟以前不一样了，约翰尼斯就这么想着然后他突然吓了一跳，因为此刻彼特就站在他面前，活生生地，可彼特不是死了吗？彼特不是早就死了吗，是啊他早就死了，不是吗？可此刻站在他面前正把船往岸边拖的就是彼特啊不是吗？是的没错约翰尼斯看得清清楚楚，是的当然彼特还活着，的确如此，毫无疑问，可那他怎么会认为彼特已经死了呢？约翰尼斯一边就这么想着一边摇了摇头然后他想他刚才就应该问问彼特他到底是活着还是死了的可他怎么能这么问呢，怎么能问别人这种问题呢，凡事都得有个限度，约翰尼斯想，是啊真的怎么能问别人这种问题呢，这可真是太丢脸了，约翰尼斯想，而且他搞不明白自己怎么会认为彼特已经死了因为此刻他不是就站在他面前吗，活生生的？的确如此，毫无疑问，约翰尼斯想然后他看见彼特爬上了船

好吧你不一起来吗，彼特说

好吧我也一起来，约翰尼斯说

然后约翰尼斯抬起一只脚踏过船舷上缘，僵硬而酸痛

是啊瞧瞧你都老成什么样了，彼特说

是啊瞧瞧你，约翰尼斯，瞧瞧你，彼特说

是的没错，约翰尼斯说

然后现在要做的就是不能掉进水里，不能，约翰尼斯想，绝对不能，以前他只掉进过水里一次而这他可忘不了，约翰尼斯想

千万别掉进水里去，你可不会游泳这你自

己知道,彼特说

　　而那次,约翰尼斯想,他差点儿就没能活下来,是啊他们差点儿就没能把他拉上船来

　　那次是我把你从水里拉上来的不是吗,彼特说

　　是啊就差一点儿,可那时他也已经浑身冰冷筋疲力尽了

　　你差点儿就没能活下来,就差一点儿,彼特说

　　而约翰尼斯已经不太记得当时到底是怎么回事儿了,是的当然他还记得自己一头就扎进了海里还有伸手不见五指的漆黑和大雪纷飞,这个当然他还记得,当时他正在收网拼命拽着手指头都冻僵了,几乎连弯都弯不过来,因为他的手套已经被冰冷的海水浸透了,还有渔网,那该死的渔网,被水底的什么东西钩住了所以他只好用尽全力拼命拽着,用尽全力,当时他正后仰着身子拼命拽着然后就像是开玩笑一般

渔网突然就从水底牢牢钩住的东西上松脱了开来然后他就笔直向后跌入了冰冷刺骨的海水，不不，他不能再这么想下去了，不能再想他是怎么笔直向后跌入了冰冷刺骨的海水，跌入了最深的黑暗，而雪还在肆虐着风还在咆哮着，不这太可怕了

别再想了，彼特说

不想了，约翰尼斯说

是啊太可怕了，彼特说

是啊太可怕了，约翰尼斯说

然后他想掉进海里的那一瞬间他想起的是艾娜和孩子们，他想起的是他们每一个人，不现在他们该怎么活下去啊？等他沉到海底并永远地留在那儿之后，至少当时他是这么想的，约翰尼斯想，但是感谢上帝那次他不是一个人在船上，那次彼特也跟他在一起虽然他都已经不记得是为什么彼特也在了，平时他向来都是一个人的，是啊，可那次彼特也在而正是他钩

住了他的防水服,是啊当时他用的就是鱼钩不是吗,是啊的确如此,彼特用鱼钩钩住了他就好像他只是又钓到了一条大鱼一样而要是有任何人不相信的话约翰尼斯完全可以证明一切都真的发生了因为他肩膀上的伤疤还在呢,不是吗,伤疤还在呢清清楚楚明明白白任何人都能看得到,约翰尼斯想

是啊想想看当时我只好像钓鱼一样钩住你,彼特说

是啊的确如此,约翰尼斯说

而且要是你的鱼钩不是这么长的话,是啊,真不知道会怎么样呢,彼特说

可为什么只有那次你也跟我在一起呢,约翰尼斯说

你不记得了吗,彼特说

不记得了,约翰尼斯说

我们当时是要,是啊你不记得了吗,彼特说

约翰尼斯想啊想啊然后是的他想起来了,不那真的是他以前经常做的事吗,他和彼特会一起到镇上去喝酒,因为是啊他们以前经常这样做不是吗,等网都收上来鱼都卖完了他们会一起去港口边的酒吧喝上几杯啤酒暖暖身子也暖暖心尽管那时候艾娜和孩子们还在家里等着他吃不饱也穿不暖,但一切都戛然而止了自从那次他差点儿淹死全凭着被鱼钩钓上来才能活命以后,约翰尼斯想

是啊自从那次以后我们就再也没有一起喝过啤酒了,彼特说

是啊的确如此,约翰尼斯说

不过现在赶紧上船吧好吗,彼特说

好的好的,约翰尼斯说

别就这么站在那儿啊,快上船吧,彼特说

好的我来了,约翰尼斯说

还是你需要帮忙?彼特说

是的也许,约翰尼斯说

看哪你都这么老了，彼特说

然后约翰尼斯抬起一只脚而彼特抓住他的腿帮他把脚跨过船舷，然后约翰尼斯就这么站在那儿一只脚在堤坝上一只脚在甲板上

是啊你真的已经老成这样了吗，彼特说

然后彼特抓住他的手臂

看哪你都这么老这么脆弱了，是啊真教人不敢相信，彼特说

然后彼特就这么紧紧地抓着他的手臂，约翰尼斯抬起另一只脚跨过彼特小渔船的船舷而约翰尼斯想此刻只要踏错一步就可能彻底完了他就会沉入海底，可此刻就算如此又能怎么样呢反正现在也没关系了，现在艾娜已经死了孩子们也早都长大成人了，就算他现在掉进海里去喂鱼了又能怎么样呢，约翰尼斯一边就这么想着一边两只脚都稳稳当当地踏在了甲板上

是啊瞧瞧你，彼特说

是啊你真的已经老成这样了吗，约翰尼斯，

他说

是啊这太可怕了,他说

是啊瞧瞧你都老成什么样了,约翰尼斯,彼特说

真教人不敢相信,以前你可壮实呢,你还是个棒小伙儿的时候可是我们这些人里头最壮实的,没人敢跟你单挑,从来没有,他说

有好多人可都忘不了被你一拳揍在下巴上的滋味呢,他说

哈,他说

现在打起精神来,他说

然后彼特在约翰尼斯的背上猛捶了一下

鼓起劲儿来,他说

来吧,他说

而约翰尼斯就这么站在那儿点点头复又点点头脑海中一片空白,他就这么站在那儿,沉重地呼吸着而彼特摇了摇头

是啊变老真可怕,然后约翰尼斯说

是啊没错,彼特说

然后彼特走过去把船的引擎发动起来引擎一边发出砰砰啪啪的巨响一边开始转动它喷出一口烟怒吼了一声接着他们听到砰砰声开始变得规律起来彼特走过去把系船的缆绳解开然后把引擎挂了个倒挡他们缓缓驶出了海湾而约翰尼斯依然就这么站在那儿注视着山丘草地山脊悬崖房屋,还有堤坝和他自己那艘小小的手划船就那么只用一根缆绳系在浮标上连着陆地,他注视着码头上的那些船屋注视着高处那些沿着路边伫立的房子和住家们然后突然他的心就被一种强大的情感涨满了为了所有这一切,为了那些石楠花,为了所有所有这一切,他所熟悉的这一切,这是世界上独属于他的那个角落,这是他的,所有所有这一切,山丘,船屋,岸边的岩石,而突然之间他觉得自己再也不会看到这一切了,可它们会留在他心里,它们会成为他本身,会成为一个声音,是啊就好像是在他身体里的一个声音,约翰尼斯一边就这么想着一边举起手来揉了揉眼睛然后他看到此刻万事万物都在闪着光,从远处映衬着所有这一切的天空上,从每一堵墙壁上,从每一块岩石上,从每一艘小船上,所有所有这一切都在向他闪烁着光芒而此刻他真的是彻底搞不明白了,今天所有的一切都跟以前不同了,一定是发生了什么,可到底发生了什么呢?约翰尼斯想而他真的是彻底搞不明白了,因为其实一切都跟以前一样,唯一不同的只是今天他没有划自己的船出去,他遇到了彼特而现在他要跟彼特一起去收捕蟹笼了可这事儿以前也是发生过的啊,是啊没错,的确如此,毫无疑问,尤其是自从他开始领养老金了捕鱼不再是为了谋生而只是为了消遣以后,是啊以前他当然也跟彼特一起去收过捕蟹笼了,约翰尼斯想,可为什么在这个灰蒙蒙的早晨他眼中看到的一切都如此巨大而又清晰呢?不他真的一点儿也不明白,约翰

尼斯想

是啊别再站在那儿盯着看了,彼特说

坐下,他说

好的我会的,约翰尼斯说

然后他走过去在彼特身边坐了下来,彼特正一边把着舵柄一边眯着眼打量远处的海面

是啊等会儿就知道了,彼特说

我想今天蟹的收成应该也不错等会儿老派特森小姐可又有的买了,他说

可是,约翰尼斯说

什么,彼特说

我们为什么不抛一竿试试呢,约翰尼斯说

在大浅滩那儿?彼特说

是啊反正我们也要经过那儿的,约翰尼斯说

是啊为什么不呢,彼特说

是啊好吧,他说

然后彼特改变了航向,笔直向着西方驶

去，向着远处的外海，向着远处海与天连成一片的地方，那么远那么远的远处，而他们的眼前除了海与天之外空无一物，只间或点缀着大大小小的礁石，几只海鸥栖息在上面，然后约翰尼斯看到一只海鸥扇动它的翅膀穿过风消失在天空中，天哪，上帝啊，他想，所有这一切，他曾多少次看到过这一切啊，他曾多少次就这样坐在船上啊，在去往大浅滩的路上，穿过所有的海浪，在去往以前他最常去的那片渔区的路上

准备几根渔线，就在那儿，彼特说

他指了指一个装满渔具的木箱约翰尼斯站起身来走到木箱旁，拿出两根渔线上面都带着大大的鱼状金属诱饵，然后他又走回去在彼特身旁坐了下来而彼特眯着眼估量了一下天气又打量了一下天色然后彼特调整航向，船速慢了下来

是啊我们只能靠地标来辨别航向了，他说

而船就这么缓缓向前驶去

小礁石肯定都被大礁石挡住了你只能笔直向着教堂的方向开,约翰尼斯说

那就是地标,是啊没错,彼特说

然后约翰尼斯看到此刻他们已经是在笔直向着教堂的方向开了而再往外海开一点儿就到了

再往外海开一点儿就到了,约翰尼斯说

是的我知道,彼特说

然后彼特的船继续向前向前一直向着外海开去然后他们就到了,正正好好不偏不倚地到了他们应该到的地方,然后约翰尼斯捡起渔线把大大闪闪的鱼饵抛了出去接着他把线放长了一点又放长了一点可这是怎么了,怎么一点重量都没有,一切都感觉这么轻,他该不会是把鱼饵给弄丢了吧?约翰尼斯一边就这么想着一边弯腰从船边往下看

怎么了?彼特说

而就在那儿，海面以下大约一米的地方，鱼饵就在那儿，在清澈的海水中静静地一动也不动地漂浮着，而鱼饵下面什么都看不见，它就这么停在那儿，一动也不动而渔线就漂浮在水面上，天哪不这是怎么了，约翰尼斯想，不怎么会这样呢，他想，是鱼饵钩住了船底的什么东西吗？可他什么都看不见啊？只有清澈闪亮的海水和就这么漂浮在那里的鱼饵，不，这，这他真的一点儿也不明白，约翰尼斯一边就这么想着一边抬起手来揉了揉眼睛可他所看到的依然是鱼饵就那么在海面以下大约一米的地方一动也不动地漂浮着，不它一定是被什么东西钩住了，约翰尼斯想，可他什么都看不见啊？不这事儿他绝对不能告诉彼特

你不想也抛一竿试试吗，约翰尼斯说

然后他看到彼特摇了摇头

你先试试吧，彼特说

要是有鱼的话我再抛一竿试试，他说

然后约翰尼斯想他一定得搞明白这事儿,一定得搞明白为什么那个大大闪闪的鱼饵就是不肯沉到水里去,它一定只是被什么东西钩住了而已

你能把船钩递给我吗,约翰尼斯说

彼特把船钩递给他然后约翰尼斯把船钩往鱼饵在水中静静停着一动也不动的地方猛戳下去而船钩直戳到了鱼饵以下至少一米的地方,天哪不现在我真的开始害怕了,约翰尼斯想

你在干什么?彼特说

不没干什么,约翰尼斯说

然后他把船钩从水里拖了出来递还给彼特而彼特把它放回到了原处,然后约翰尼斯想他最好还是把线收回来再试一次然后他开始把线往回收

你怎么把线收回来了,彼特说

是啊线有点缠住了,约翰尼斯说

缠住了,彼特说

然后约翰尼斯把渔线收了回来，它笔直地躺在甲板上，还有鱼饵也收上来了然后约翰尼斯再次把渔线向着跟刚才一模一样的方向抛了出去而鱼饵再次在船下大约一米的地方停住不动了，他把线往回收了一点儿，又往外放了一点儿，而鱼饵依然停在跟刚才一模一样的地方一动也不动

不这是怎么回事，约翰尼斯说

什么怎么回事？彼特说

约翰尼斯没有回答，他只是把鱼饵收了回来然后走到船的另一边再次把渔线抛了出去而又一次，就在船下大约一米的地方，在清澈闪亮的海水中，鱼饵一动不动地停住了然后就再也不肯往下沉了

不我真的一点儿也不明白，约翰尼斯说

怎么了？彼特说

然后约翰尼斯再次把渔线收了回来他就这么把鱼饵拿在手里站在那儿

你得把线抛得再远一点儿,你知道的,彼特说

是的我知道,约翰尼斯说

可我们能不能再往前开一点儿呢,再往远处开一点儿,约翰尼斯说

是啊为什么不呢,彼特说

然后他把船发动起来他们又再往远处开了一点儿

是啊这边浅滩到头的地方一般都会有鱼的,彼特说

就在这儿抛竿吧,再试试,他说

然后约翰尼斯再次把渔线抛了出去,而同样的事也再次发生了,鱼饵在船下大约一米的地方停住不动了,就在那清澈闪亮的海水中,然后约翰尼斯再次把渔线收了回来

你怎么了?彼特说

然后约翰尼斯走到船的另一边站在那儿把渔线抛了出去然后它停住了,就这么漂浮着,

一动也不动,在船下大约一米的地方。不,这,约翰尼斯想,这他真的一点儿也不明白,约翰尼斯一边就这么想着一边把线收了回来然后他开始把渔线在卷轴上绕起来

你不想抛竿了吗,彼特说

不想了,约翰尼斯说

是吗那好吧,彼特说

然后约翰尼斯想他绝对不能告诉彼特鱼饵就是不肯往下沉的事儿,不能告诉他鱼饵在海面以下大约一米的地方停住了然后就这么一动不动地漂浮着虽然没有任何东西阻止它往下沉

你的鱼饵不肯沉到底吗?彼特说

是的,约翰尼斯说

然后他摇了摇头

这可不太好,彼特说

然后约翰尼斯抬起头来他看到彼特的眼睛里充满了泪水

是啊这可一点儿都不好,彼特说

这可真是太糟了,他说

大海不想要你了,他说

然后彼特擦去眼泪

那就只剩下土地了,彼特说

约翰尼斯想他都在说些什么?而且现在他们真的需要好好商量一下赶紧给彼特剪个头发了,都这么长了,这么花白这么稀疏,而且他还这么瘦,瘦得都有点儿太过分了

所以是大海不想要你了,彼特说

是啊看上去是这么回事儿,约翰尼斯说

可这意味着什么呢?他问

然后他看到彼特摇了摇头并再次把船调整航向对准了陆地,对准了教堂墓园下面的海岸

我在教堂墓园下面的海岸边放了几个捕蟹笼,彼特说

是吗我就知道你放了,约翰尼斯说

那边的蟹肯定又大又肥,他说

是啊那边的蟹可多呢,彼特说

然后彼特的船带起黑白相间的浪花条纹向着教堂墓园下面的海岸缓缓滑行而去而约翰尼斯能看得到彼特那漆成白色的软木浮标布满了那方的整个海岸

是啊让我们去看看收成怎么样,约翰尼斯说

应该很不错,彼特说

艾娜还好吗?彼特说

很好谢谢,约翰尼斯说

玛塔也很好,他说

是啊一切都跟以前一样,彼特说

彼特的小小渔船停泊在了镇子的码头上彼特在码头边缘坐了下来而约翰尼斯想彼特看上去是多么衰弱啊,好像随时都会垮掉似的,还有那些要蜂拥而至买螃蟹的人呢,不,一个人也没来,一个客人也没有,尽管他们现在都已经在码头旁停泊了好几个小时了,而且周围一个人也看不到,记忆中他从来没有看到镇子如此死寂过,约翰尼斯想,是啊还有几艘船停泊在码头上可船上一个人也没有,而当彼特往主街上走了几步的时候他也一个人都没看到,他说,而且更奇怪的是商店也都关着门,然后彼特一定是看到了什么他不愿意告诉约翰尼斯的东西,约翰尼斯想,可那会是什么呢?约翰尼斯一边就这么想着一边在船尾坐了下来手里紧紧攥着彼特给老派特森小姐装好的满满一塑料袋螃蟹,他给她挑的都是最好的螃蟹,因为她肯定会来的,毫无疑问,彼特说,而且他一直都是这么做的,挑最好的螃蟹,肉最多的,给老派特森小姐,这么多年来他一直都是这么做的,彼特说,可他们到底要坐在这儿等多久啊?约翰尼斯想,一半的船舱都装满了螃蟹,此刻它们正在甲板上偷偷摸摸窸窸窣窣爬得到处都是,是啊今天他们的收成不错,可是他们也得把这些螃蟹都卖掉呀,此刻螃蟹在甲板上偷偷摸摸窸窸窣窣爬得到处都是可到现在一个客人也没有来,而且他们都已经在码头上停泊了好几个小时了,到底要坐在这儿等多久啊?他们总不能在这儿一个小时接一个小时地等下去吧?总有等够了的时候,约翰尼斯想而且这念头已经在他脑子里反反复复琢磨好久了,但是琢磨和告诉彼特不这可完全是两码事儿,不过他是得赶紧找点儿话说

好像没什么客人,约翰尼斯说

是啊,彼特说

为什么一个人也没来?约翰尼斯说

谁知道呢,彼特说

而突然之间约翰尼斯觉得彼特是有什么事儿没告诉他

就连老派特森小姐也没来,约翰尼斯说

她很快就会来的,彼特说

然后彼特站起身来他就这么站在码头边

缘摇摇欲坠他试着抬起右手而约翰尼斯看到他抬得有多么吃力，然后彼特手搭凉棚向远处眺望着

我想是她来了，彼特说

真的吗，约翰尼斯说

然后他站起身来看到一个年轻姑娘沿着码头向他们走来而约翰尼斯想不彼特这是怎么了他真的不能再这样下去了，因为那不是老派特森小姐

是啊安娜来了，彼特说

然后约翰尼斯也爬到了码头上此刻他觉得自己年轻力壮充满活力，就像今天早晨一样，就像他轻而易举地就起了床又像个棒小伙儿似的在车棚里的梯子上爬上爬下的时候一样，他觉得自己又精神又轻盈，然后他抬头眺望着是啊向他们走来的真的就是安娜·派特森，天哪不，不他该跟她说些什么呢？因为他写给她的信她压根儿就没回，不这可太尴尬了，对他们

两人来说都是，不过也许他可以问问她愿不愿意跟他一起去喝杯咖啡？而且如果她想买螃蟹的话他可以免费送给她这绝对没问题，他可以这么对她说的不是吗？可以是可以，不过他干吗要给她写那封信呢，不这可真是太糟了，约翰尼斯想，因为此刻向他们走来的真的就是安娜·派特森，而她看上去可真漂亮，丰盈的金发上角度俏皮地扣着一顶小帽子整个人衣袂翩翩裙子里包裹着的身体柔软窈窕她可真是秀色可餐啊

是啊她可真是秀色可餐啊，彼特说

是啊毫无疑问，约翰尼斯说

那他没把自己给她写信的事儿告诉彼特吧，天哪不，没有吧，是不是？约翰尼斯想，天哪要是彼特知道就糟了，约翰尼斯想

多漂亮的姑娘啊，彼特说

她是阿斯拉克森家的女仆，那个工厂主，彼特说

是吗，约翰尼斯说

他们说她是从丁亚来的，彼特说

是吗，约翰尼斯说

而且她打工的这家人家也不错，约翰尼斯说

也许她就是来给阿斯拉克森家买螃蟹的，彼特说

也许，约翰尼斯说

肯定是，彼特说

然后约翰尼斯看着安娜·派特森越走越近再然后她就站在码头上彼特的面前了现在他得赶紧找点儿话说，约翰尼斯想，就算尴尬他也得赶紧找点儿话说，是啊约翰尼斯想

早上好，安娜·派特森，彼特说

是啊早上好，她说

早上好，是啊，约翰尼斯说

你是来给主人家买螃蟹的？彼特说

不今天我休息，今天是星期天，安娜·派

特森说

　　是啊对了今天是星期天,彼特说

　　我是出来散步的,她说

　　也许你想找个伴儿?彼特说

　　是啊也许我们可以和你一起散步,约翰尼斯说

　　我正要往家走呢,不过我想也许你们可以陪我一起走回去,安娜·派特森说

　　好啊没问题,约翰尼斯说

　　然后约翰尼斯开始沿着码头往前走安娜·派特森就走在他身边而彼特跟在他们身后几米远的地方约翰尼斯想现在他得赶紧找点儿话说,他得赶紧跟安娜·派特森找点儿什么得体的话说但绝对不能提起他给她写的那封信

　　对了谢谢你的信,安娜·派特森说

　　是吗,约翰尼斯说

　　信写得很好,你的字很漂亮话也说得很漂亮,安娜·派特森说

是吗我不知道，约翰尼斯说

是的你知道，安娜·派特森说

然后她挽起了约翰尼斯的手臂天哪瞧瞧这可真是令人难以置信，可此刻他真的是在手挽着手和安娜·派特森一起散步而彼特肯定也看见了，约翰尼斯一边就这么想着一边回转身而彼特已经不见了，他多半是嫉妒了，他多半是嫉妒得受不了了，约翰尼斯想，是啊也许这样最好，约翰尼斯想，因为要是跟安娜·派特森，阿斯拉克森家的女仆，这么像明媚的夏日一般漂亮好看秀色可餐的姑娘手挽着手一起散步的时候后面还跟着个像监护人似的彼特那就不好玩儿了，可现在和安娜·派特森手挽着手在亨斯塔德镇沿着码头一起散步的是他约翰尼斯，而不是别的什么人

今天天气真好，约翰尼斯说

是啊今天是多么明媚的一个夏日，安娜·派特森说

而且你还休息,约翰尼斯说

是啊今天我休息,安娜·派特森说

能遇到你真是太好了,约翰尼斯说

是啊真是太好了,安娜·派特森说

然后约翰尼斯看见了一个长凳他想不知道自己能不能跟安娜·派特森建议一起坐一会儿还是这样做会太无礼太轻率了,因为他们已经差不多快走到阿斯拉克森家的大宅了,那个全世界半数的鲱鱼桶都是他制造的工厂主

是啊写得很好,那封你给我的信,安娜·派特森说

你想在长凳上一起坐一会儿吗?约翰尼斯说

不不坐了,安娜·派特森说

我得回家了,她说

然后安娜·派特森把手抽了回来而约翰尼斯想他不能让她就这么消失了绝对不能,他一定得做点儿什么然后他想都没想就用手搂住了

安娜·派特森的肩膀而她却立刻就挣脱了开来

天哪不约翰尼斯，安娜·派特森说

而约翰尼斯不知道此刻他该说些什么或者不该说些什么

我得回家了，安娜·派特森说

而约翰尼斯看到安娜·派特森瞥了一眼那条近旁的小巷

那好吧再见，约翰尼斯说

是啊再见，安娜·派特森说

可刚才安娜·派特森听上去是不是要哭了？约翰尼斯一边就这么想着一边注视着她沿着小巷走远，而且她的肚子看上去是不是鼓起来了？是的天哪看上去是鼓起来了，约翰尼斯想是不是已经有别的什么人把安娜·派特森搞到手了，那个秀色可餐的姑娘，肚子都搞大了，是别的什么人而不是他，天哪谁能想到她竟然会是那种人啊，约翰尼斯想，是啊这实在是太让人难过了，是啊换了谁都受不了，约翰尼斯想,可是天哪不这是谁干的呢?约翰尼斯想而且彼特到底去哪儿了?他不知道自己是不是应该赶紧回到彼特的船上去,是啊这可真是太糟了,约翰尼斯一边就这么想着一边回转身向着码头走去而就在那儿,就在他和安娜·派特森刚刚经过的那个长凳上,坐着彼特,他整个人看上去帅极了穿着新西装后脑勺上潇洒地扣着一顶新帽子,所以现在他们两个都穿着帅帅的新西装了,彼特和约翰尼斯都是,可到底为什么约翰尼斯要穿着他最好的黑色西装,头上戴着帽子,手里拿着雨伞,西装背心的口袋里还放着一块祖父式的老怀表,他为什么要穿成这样走来走去呢,而且他还看到安娜·派特森沿着小巷匆匆走远了肚子都大了而且想想看,想想看已经有别的什么人把她的肚子搞大了,是别的什么人而不是他,这个人要是他该多好啊,他最多也只走到了今天这一步,和安娜·派特森手挽着手沿着码头一起散步

过来坐啊,彼特说

你的姑娘怎么不见了?他说

刚才我还看见你和从丁亚来的安娜·派特森手挽着手一起散步呢,他说

而约翰尼斯一边在长凳上彼特的身旁坐下来一边想他一个字也不能告诉彼特,他绝对不能把安娜·派特森的事儿告诉彼特,不不能告诉他,告诉谁都行就是不能告诉他

你送她回家了,一直送到门口,彼特说

约翰尼斯不喜欢他语气里戏谑的调子

是啊差不多吧,约翰尼斯说

直接送到了小阿斯拉克森的怀抱里,彼特说

原来你是这么想的,约翰尼斯说

是啊反正谣传就是这么说的,彼特说

是吗,约翰尼斯说

反正不是老阿斯拉克森就是小阿斯拉克森,他们两个人其中有一个把她的肚子搞大了,

彼特说

而且大家都在说是小阿斯拉克森,他说

是吗,原来是这么回事,约翰尼斯说

是啊你肯定也看出来了吧,彼特说

是啊差不多吧,约翰尼斯说

是啊这下她可算是彻底完了,彼特说

是啊天哪,约翰尼斯说

是啊你来得太晚了,彼特说

大家甚至在说小阿斯拉克森会娶她,他说

而约翰尼斯不知道此刻自己该说些什么,他要是没写那封愚蠢的信该多好啊,那事情就不会变成现在这样了他当时到底为什么要写那封信啊,这可真是太愚蠢了,约翰尼斯想,天哪他到底为什么要写那封信啊,他想,她很可能会拿给小阿斯拉克森看他们会一块儿一边读着信一边大声嘲笑他,因为他在信里问安娜·派特森愿不愿意找个晚上跟他见面然后他还问,如果她愿意的话,能不能,让他请她喝杯咖啡

吃块蛋糕然后他们还可以在镇上溜达溜达一起散散步,是的他在信里就是这么写的,任何人只要看一眼就明白了

是啊别再想了,彼特说

不想了,约翰尼斯说

生活就是如此,彼特说

是啊就是如此,可她是个好姑娘,不是吗,约翰尼斯说

是啊老阿斯拉克森肯定也是这么想的,或者也许是小阿斯拉克森,彼特说

是啊毫无疑问而且她的肚子这么快就大了,他说

可是你看那儿,快看,彼特说

他站起身来推搡着约翰尼斯的肩膀

快看那两个人,彼特说

然后约翰尼斯放眼望去他看到两个漂亮姑娘正沿着码头向他们走来,她们手挽着手时而微笑时而大笑看上去开心极了

是啊现在属于你的姑娘来了,彼特说

安娜·派特森才刚刚跟别的男人跑了就又有两个姑娘来了,他说

我去给咱们做个自我介绍,他说

然后他站起身来而约翰尼斯注视着彼特走到那两个姑娘身边还摘下了帽子

是啊我是彼特还有那边

他回转身用手指着约翰尼斯

那是约翰尼斯,彼特说

而那两个姑娘咯咯笑着停住了脚步

我是玛塔,其中一个姑娘说

我是艾娜,另一个姑娘说

也许我们可以陪你们一起散会儿步,彼特说

然后他向玛塔伸出臂弯

好啊没问题,玛塔说

然后她挽起了彼特的手臂

好的是啊为什么不呢,约翰尼斯说

然后他犹疑地注视着艾娜

好的那我们走吧,艾娜说

然后约翰尼斯向艾娜伸出臂弯而她挽起了他的手臂然后他们沿着码头一起走着,玛塔和彼特和艾娜和约翰尼斯而约翰尼斯想此刻与他手挽着手一起散步的是个多么漂亮的姑娘啊,她是多么娇小可爱啊,深色的头发,多么美的头发,而且他们走路的时候步调多么一致啊,他们就这么沿着码头一直走着,走向彼特的小小渔船然后他们走到了船的前面

是啊这就是我的船,彼特说

这船可真棒,玛塔说

是的绝对是艘好渔船,彼特说

是啊毫无疑问,玛塔说

是啊我们该回去了,艾娜突然毫无预兆地说然后别有深意地瞥了玛塔一眼

是啊我想我们是该回去了,玛塔说

那好吧但是我们还能再见面的不是吗,彼

特说

也许下个星期天,但是时间稍微早一点儿,就在这儿,码头上?他说

好啊没问题,玛塔说

她用询问的目光看了看艾娜

好啊没问题,艾娜说

两个姑娘把手臂抽了回去而彼特和约翰尼斯就这么伫立在码头边伫立在彼特的小船停泊的地方,他们注视着玛塔和艾娜一起手挽着手沿着码头走远,然后两个姑娘停了下来,她们时而微笑时而大笑,接着两个姑娘都抬起手臂向他们挥了挥手而彼特和约翰尼斯也都抬起手臂向她们挥了挥手

多漂亮的姑娘啊,约翰尼斯说

毫无疑问,彼特说

然后约翰尼斯爬上了彼特的小船他在船尾坐了下来然后他注视着彼特就这么站在码头的边缘上他看上去是多么衰弱啊,好像随时都会

垮掉似的,是啊的确如此,就好像,约翰尼斯想,就好像他的手臂随时都会跟肩膀分崩离析似的还有看看他的头发,这么花白这么长,还有他的脸,他脸上的皮肤,这么苍白这么稀薄,稀薄到好像约翰尼斯都能透过它看到彼特的白骨了,好像他都能看到彼特白森森的下颌骨似的,而且为什么一个人也没来呢,这里为什么如此死寂,为什么一个买螃蟹的人也没来,他们捕到了整整一船的螃蟹呢,此刻正偷偷摸摸窸窸窣窣在甲板上爬得到处都是而且万一这些螃蟹卖不掉的话他们可怎么办呀?今天他们的收成特别好,捕到了好多蟹,又大又肥,而此刻约翰尼斯就这么坐在这儿手里紧紧攥着满满一塑料袋最好的螃蟹,因为彼特把最好的螃蟹都挑出来了还说这都是给老派特森小姐的,她一直都是买他的螃蟹的,他说,可她到现在还没来,一个人也没来,老派特森小姐没来一个人也没来而他们到底要在这儿停泊多久啊?他们总不

能永远就这么停泊在码头上吧,约翰尼斯想

  好像没人来买你的螃蟹,约翰尼斯说

  是啊好像没人来,彼特说

  但我们不能就这么算了啊,我们有整整一船的螃蟹呢不是吗,他说

  绝对不能,他说

  是啊不能就这么算了,约翰尼斯说

  但也许你可以划船把我送到海峡对岸去然后再回码头这边等?他说

  好啊没问题,彼特说

  对了今天晚上,约翰尼斯说

  怎么了,彼特说

  对了今天晚上我最好给你剪个头发,你的头发都这么长了看上去乱糟糟的这可真是太丢人了,约翰尼斯说

  是吗那好吧要不你傍晚的时候过来吧,彼特说

  好的我会的,约翰尼斯说

可是就连老派特森小姐也没来这可真是太奇怪了,彼特说

她一直都来的,他说

我记忆中她每次都来的,是啊今天这可是头一回,是啊的确如此,他说

可是我以为她已经死了,约翰尼斯说

什么,死了,彼特说

你能把我送到海峡对岸去吗?约翰尼斯说

好啊没问题,彼特说

然后彼特说要是老派特森小姐来码头买螃蟹了结果却发现他不在可怎么办,要是老派特森小姐来了却找不到他会很奇怪的,可这也是没办法的事儿,彼特说然后约翰尼斯说那他们为什么不把装满了螃蟹的塑料袋就留在码头上呢,那她来的时候自己拿就行了,他说,反正这儿也没什么别的人,也不会有人来偷这些螃蟹的,约翰尼斯说然后彼特说那好吧就这么办,反正以前他好像也这么干过一回,彼特说,所

以约翰尼斯把塑料袋递给他就好了，他说，然后约翰尼斯就把塑料袋递给了彼特彼特接过去把它放在了码头上然后彼特走过去把船头的系泊缆绳解开把缆绳扔回船上接着又把船尾的系泊缆绳也解开然后彼特小心翼翼地开始往船上爬而约翰尼斯想天哪这可真是太可怕了，因为彼特看上去差一点儿就爬不上来了不是吗，就好像他一点劲儿也没有几乎什么也抓不住他的手臂随时都会跟肩膀分崩离析似的，约翰尼斯想，天哪不这看上去可真是太可怕了，约翰尼斯想，彼特到底怎么了？他想，他看上去是多么衰弱啊，好像随时都会垮掉似的，不这看上去可真是太可怕了，约翰尼斯就这么想着而彼特在他的身旁坐了下来

也许还是你来发动引擎比较好，彼特说

约翰尼斯点点头他走到电机外壳旁抓住发动机的绳子使劲扯了几下然后他们听到几声巨响然后是那熟悉而又令人安心的砰砰声然后他

们驶离了码头，就这么缓缓缓缓地，向着海峡驶去

不这可真是太糟了，约翰尼斯说

生活就是如此，彼特说

不是捕不到螃蟹，就是捕到了螃蟹没人买，他说

是啊的确如此，约翰尼斯说

然后约翰尼斯抬头眺望着他看到天空即将阴云密布然后他想自己该回家了，对了，今天晚上，他还要到彼特家去给他剪头发呢

天哪你看，彼特说

他抬起手臂指着码头而就在那儿，在码头上，就在刚才船停泊的地方，他们看到老派特森小姐弯腰拎起了那个装满螃蟹的塑料袋

是啊我就跟你说她一定会来的吧，她一定会来，彼特说

她真的来了，约翰尼斯说

是啊她拿到螃蟹了这可真是太好了，彼

特说

是啊真是太好了，约翰尼斯说

然后他们乘坐的小小渔船就这么起伏颠簸着穿越了海峡，一路砰砰作响，然后在远远的那方约翰尼斯看到了小海湾里的泊船处而离泊船处不远的地方就是他家，是啊现在他想回家了，约翰尼斯想，要是艾娜还活着该多好啊，那回家就变得有了意义，变得幸福满溢，可是现在艾娜已经不在了那里空荡荡的悲伤又孤单，不过屋子里应该还是暖的，而且他应该还能在厨房里找到一点儿吃的，约翰尼斯想，可他一想到艾娜，一想到她已经离他而去了就会觉得那么悲伤，他本来以为先走的一定会是自己，可是没想到会是艾娜先离他而去，孤单一人当然是一种陌生的感觉，他们都已经结婚这么多年了，而且一直都过得很幸福，他们还一起生养了七个孩子，这么多年来他们一直都过得很幸福，即使偶尔他们也会争吵，是啊当然

偶尔他们也会斗嘴，但总的来说他们一直都过得很平静很安宁，可是现在她已经离他而去了永远地离他而去了

生活就是如此，约翰尼斯说

你又坐在那儿自言自语了，彼特说

约翰尼斯看到彼特就这么坐在那儿手把着舵柄注视着他

是啊我想是的，约翰尼斯说

是啊你老了，约翰尼斯，你也老了，彼特说

然后他给了约翰尼斯一个温暖的微笑

是啊我想是的，约翰尼斯说

是啊，我也老了，毫无疑问，彼特说

我们都不再年轻了是啊，约翰尼斯说

是啊毫无疑问，彼特说

你要往西开到海湾那边去泊船吗？约翰尼斯说

我正在这儿琢磨着呢，彼特说

你在琢磨着想回到镇上去？约翰尼斯说

是啊迟早总会有人来的，彼特说

是吗可是那儿死寂得有点儿奇怪，约翰尼斯说

一个人都没有，彼特说

但最后老派特森小姐还是来了，约翰尼斯说

是啊她还是来了，彼特说

她来了，他说

她一定会来的，他说

我们没再继续等下去也许有点儿太蠢了，你觉得呢，约翰尼斯说

是啊也许是有点儿，彼特说

因为她一定会来的，他说

只要我有螃蟹卖，她就一定会来的，毫无疑问，他说

是啊的确如此不是吗，约翰尼斯说

然后他抬头眺望着他们已经离小海湾里的

泊船处越来越近了，很快彼特就可以把船靠岸了他就可以爬下船然后从那儿走回家了，约翰尼斯想，然后他要给自己做杯咖啡，他想，要是艾娜还活着该多好啊那回家的感觉该是多么幸福满溢啊，可现在，是啊现在已经再也没有什么幸福可言了，约翰尼斯就这么想着而彼特把船在小海湾里的泊船处靠了岸然后约翰尼斯站起身来

你想带几只螃蟹回去吗，彼特说

不我想还是算了，约翰尼斯说

是啊这些日子你也一直都懒得做饭，彼特说

是啊是不怎么想做，约翰尼斯说

是啊我也是，彼特说

然后约翰尼斯从船上爬了下来在小海湾里的泊船处站好而这一切他做得都是那么轻而易举，就好像他又是个棒小伙儿了，怎么会这样呢，不他真的一点儿也不明白，约翰尼斯想，

有些时候他是如此沉重迟缓以至于举步维艰，而另一些时候，比如此刻，比如今天早晨，他又是如此轻盈敏捷以至于不费吹灰之力，是啊今天一切都不费吹灰之力，约翰尼斯想

好吧那你今天傍晚的时候还要过来给我剪个头发，彼特说

是啊没错，约翰尼斯说

然后约翰尼斯注视着彼特把他的小小渔船挂了个倒挡缓缓驶离了小海湾里的泊船处他就这么站在那儿一边注视着彼特一边想，天哪不他看上去是多么可怕啊，太可怕了，他真的受不了看到他的样子，约翰尼斯想，而白色的浪花在那黑色船身白色船舷的小船边翻滚着然后小船就这样在约翰尼斯的眼前消失不见了不他真的搞不明白，刚刚船还在呢彼特也还在呢然后突然之间船就这样消失不见了，它没有沉到水里，也没有驶离，只是就这样不见了，约翰尼斯就这么站在那儿想着，然后他想现在自己

该回家了,回到家回到艾娜身边那该是多么幸福啊,也许她都已经把咖啡壶在炉子上放好了,约翰尼斯一边就这么想着一边开始向着家的方向走去,只要走过这段短短的小径,然后绕过小山再笔直向前走就到家了,约翰尼斯一边就这么想着一边开始沿着小径走着要是他到家的时候艾娜也在该多好啊,约翰尼斯想,可她为什么要比他先离开呢,是啊这可真是太让人难过了,约翰尼斯想,还有他不是答应过彼特要到他家去的吗?去给他剪个头发?是啊没错他答应过的,约翰尼斯想,那他应该赶紧到彼特家去啊,或者也许他应该先回家看看艾娜是不是在家,天哪不他都在想些什么啊,艾娜,她已经死了很久以前就离他而去了,艾娜,而他却觉得自己可以就这么回家去而艾娜会在那儿等着他,他到底都在想些什么啊,再说彼特才刚刚开着船离开,现在他肯定都还没到家呢,所以他怎么能对自己说直接到彼特家去呢,不今天他到底是怎么了，约翰尼斯想，可除了回家他也没什么别的事好做啊，约翰尼斯一边就这么想着一边停下了脚步然后他回转身眺望着海峡，眺望着镇子的方向，然后他看到此刻狂风已呼啸而至，那暴雨也就将至了，约翰尼斯想，他最好还是赶紧回家吧而且看哪此刻天是多么黑啊，黑暗就这样突如其来毫无预兆地降临，没有日暮黄昏也没有渐暗渐黑，而是就这样突如其来毫无预兆地降临，此刻已经是一片伸手不见五指的漆黑了他连自己每一步落脚在何处都看不见他最好还是赶紧回家吧，不这可真是太可怕了，今天的一切都跟以前不一样了，今天的一切都是如此突如其来毫无预兆是啊的确如此，约翰尼斯一边就这么想着一边开始沿着小径向家的方向走去这条小径他是如此熟悉哪怕闭着眼都能走，然后突然之间他停下了脚步，此刻他听到的是脚步声吗？就在他的前方？是啊的确如此，是脚步声，这脚步声是直直冲着他走来的吗?而且这不是艾娜的脚步声吗?所以是艾娜来接他回家了吗?是啊一定是这样的,约翰尼斯想,天哪这可真是太好了,约翰尼斯想,但此刻向着他走来的当然不可能是艾娜,这当然是不可能的,约翰尼斯就这么想着而脚步声越来越近了他就这么一动不动地站在那儿脚步声在他的身前停下了

是你吗,约翰尼斯,艾娜说

约翰尼斯感到幸福充满了他的四肢百骸

是你吗,艾娜,约翰尼斯说

是啊当然是我,艾娜说

我很担心你,变天了,起风了天也突然黑下来了我不知道你是不是还在外面海上,她说

没变天以前我就靠岸了,约翰尼斯说

是吗那太好了,艾娜说

我们该回家了,她说

是啊该回家了,约翰尼斯说

是啊真的该回家了,艾娜说

来,牵着我的手,她说

约翰尼斯牵住了艾娜的手他可以感觉得到她的手是如此冰冷,彻骨的冰冷,然后艾娜和约翰尼斯就这么手牵手一起沿着小径走着

我把屋外的灯打开了,约翰尼斯,艾娜说

那太好了,约翰尼斯说

是啊现在天都这么黑了,我们需要光不然什么也看不见,她说

是啊都这么黑了,约翰尼斯说

艾娜和约翰尼斯就这么一起沿着小径走着然后约翰尼斯看到了屋外的灯看到灯光就这样洒下来照亮了前门而一切都是如此温馨如此美好而又安宁,就像以前那么多个日子里一样,此刻一切才终于是它应有的样子了,约翰尼斯想,这才是它应有的样子,它生生世世所应有的样子,约翰尼斯想

一到家我就把咖啡煮上,艾娜说

是啊我真想喝杯咖啡再抽上根烟啊,约翰

尼斯说

是的我知道，艾娜说

然后约翰尼斯向艾娜转过身去可是他哪儿都看不到她，即使他依然可以感觉得到她手的冰冷，他想，而且他真的听到她说话的声音了，也真的听到她的脚步声了，可是他看不到她，哪儿都看不到她然后约翰尼斯问艾娜你在吗而艾娜没有回答然后他试着用力握紧她的手而他依然可以感觉得到她的手是如此冰冷，如此瘦削

艾娜，你一定得回答我，约翰尼斯说

回答我啊，艾娜，他说

你在哪儿？他说

请你回答我，艾娜，他说

然后约翰尼斯试着更加用力地握紧她冰冷的手而她的手却慢慢松开了接着就从他的手中消失不见了，天哪不艾娜，约翰尼斯想

出什么事儿了艾娜，约翰尼斯说

然后他停下脚步注视着自己的家它就这么伫立在那儿一如既往，而此刻天不再是黑的周遭又有了光亮可他只有孤单一人此刻艾娜已经不在了，她已经离他而去了，而所有这一切都是他自己脑子里幻想出来的，约翰尼斯想，什么伸手不见五指的漆黑啊，什么艾娜向着他走来啊，还有别的那些什么，是啊所有这一切都是他自己脑子里幻想出来的，约翰尼斯想可现在他该回家了然后他该到彼特家去给他剪个头发就像以前一样，就像他们刚才说好的那样，约翰尼斯一边就这么想着一边走到了家门口他推开门走进门厅又回到家了可真好啊，他想，每次他出海以后回到家的时候都这么觉得，约翰尼斯一边就这么想着一边径直走进了厨房而就在那儿就在厨房桌旁，椅子上，坐着艾娜，一如既往

今天捕鱼的收成不太好，约翰尼斯说

是啊鱼都不咬钩，他说

是吗那幸亏我们还有养老金可拿呢,艾娜说

是啊现在我们过得很好,约翰尼斯说

是的很好,艾娜说

然后约翰尼斯走过去在厨房桌旁坐了下来,就在艾娜对面,而她站起身来,走过去把他放在厨房料理台上的咖啡杯拿起来又拎起炉子上的咖啡壶给他倒了杯咖啡

现在你应该会想喝杯咖啡吧,艾娜说

是啊是想喝一杯,约翰尼斯说

然后艾娜把咖啡放在约翰尼斯面前而他掏出烟草袋卷了根烟

这可真是太惬意了,抽根烟然后再来杯咖啡,约翰尼斯说

可你不该抽烟,艾娜说

我都抽了六十年烟了,再抽个几年应该也没什么问题反正也没剩下几年好活了,约翰尼斯说

那好吧，你抽吧，艾娜说

不过现在烟草可真是贵得吓人啊，她说

是啊可不是嘛，约翰尼斯说

这可真让人搞不明白，他说

但凡稍有良心的人都不会把一袋烟草卖得这么贵，他说

是啊都是那些税啊什么的闹的，艾娜说

是啊这可真让人搞不明白，约翰尼斯说

然后他拿起火柴把烟点上深深地抽了几口接着又拿起咖啡杯，就这么把杯子在面前举了一会儿然后喝了一大口

是啊这可真是太惬意了，约翰尼斯说

也许你还想吃个三明治，艾娜说

不我想还是算了，约翰尼斯说

是啊你向来都吃得不多，艾娜说

但吃个奶酪三明治也许会对你有好处，她说

是啊也许吧，约翰尼斯说

然后他注视着艾娜站起身来走到厨房窗前她就这么站在那儿凝望着窗外而约翰尼斯想，是啊现在他们过得很好，他和艾娜，自从开始领养老金以来他们的钱就够两人过得很好了，而且孩子们也都好好地长大成人了不是吗，也都过得不错，每一个都是，是啊毫无疑问，还有孙子孙女们，是啊他们连孙子孙女都有了，而且还有这么多以至于他反正至少是他自己吧都数不过来了不过他的数学向来都不好，约翰尼斯想，是啊一点儿都不好，其实他的数学从来就没好过，约翰尼斯想而且这么多年来一直都是如此他也没少为此吃苦头不是吗，约翰尼斯想

天哪天哪，我的艾娜，他说

他注视着她而艾娜也回转身来她就这么站在那儿看着他静默无声却又幸福满溢然后约翰尼斯想艾娜还在的那些年他们过得多么幸福啊，不再需要为钱担心，也不再需要辛苦劳作，

他们一起过得多么安宁温馨又彼此包容啊,可是突如其来毫无预兆的有一天早晨艾娜就这么去世了在她阁楼上的房间里在睡梦中,约翰尼斯一边就这么想着一边看向厨房的窗以前艾娜总是喜欢站在那儿而现在艾娜已经不在了她再也不会站在那儿了,只剩下一个空荡荡的屋子,约翰尼斯一边就这么想一边把烟搁在烟灰缸里站起身来走过去把咖啡壶从炉子上拎起来

今天早晨应该还剩了一口咖啡,约翰尼斯说

然后他从料理台上拿起咖啡杯给自己倒了一点儿

咖啡冷了应该也挺好喝的,他说

然后他走过去在厨房桌旁坐了下来,喝了一小口咖啡,接着又从烟灰缸里拿起烟,重新点上抽了几口,然后他走到厨房窗前站在那儿凝望着窗外,不这实在是太让人难过了,约翰尼斯想,一直就这么孤单一人这实在是太可怕

了，真的太可怕了，约翰尼斯想，所以他还是赶紧出门去吧，他想，他真的不能再继续这么待在家里了，约翰尼斯一边就这么想着一边走进了门厅然后他回转身而艾娜就站在厨房门口

在外面海上的时候要小心，她说

好的我会的，约翰尼斯说

你知道自己可不会游泳，艾娜说

是啊我知道，这可真是太糟了，约翰尼斯说

然后他走了出去，关上了身后的门现在他不能回头，现在他应该沿着这条街直接走到彼特家去，约翰尼斯想，因为彼特真的该剪个头发了，约翰尼斯想，他的头发都这么长了花白又稀疏，是啊看上去可真是太可怕了，约翰尼斯一边就这么想着一边向彼特家走去而就在那儿，就在那边街上，正向着他走来的，那不是西格妮吗，他的小女儿？是啊真的是西格妮，也许她是在来他家的路上呢是来看他的，这可

真是太好了，约翰尼斯一边就这么想着一边停下了脚步他站在街边注视着西格妮她沿着街走着步履匆匆而又方向明确可她为什么看上去如此焦急啊？而且她为什么没看见他呢？她只是就这么走着，步履匆匆而她压根儿就没看见他可他就站在她前面几步远的街边啊，那她为什么没看见他呢？他的小女儿，西格妮，就这么直直地冲着他走过来却压根儿就没看见他？天哪不西格妮这是怎么了，约翰尼斯想，她怎么会没看见他呢？约翰尼斯想

西格妮，西格妮，嘿西格妮，约翰尼斯喊

而西格妮只是步履匆匆地走着

你没看见我吗？约翰尼斯说

是我啊，我在这儿呢，你的父亲，约翰尼斯，他说

而他看到的是一丝，一丝恐惧吗，就在西格妮的脸上？是啊的确如此，那的确是一丝，一丝极其细微的恐惧，就在西格妮的脸上，可

为什么西格妮没有回答呢?是他说错或者做错什么了吗?这到底是怎么回事?约翰尼斯想然后他从街边走到路中央,向西格妮走去而她依然就这么直直地冲着他走过来

西格妮,西格妮,你没看见我吗?他说

深深的绝望淹没了约翰尼斯,因为西格妮既没有看见他也没有听见他,她只是就这么直直地冲着他走过来

西格妮,西格妮,约翰尼斯说

然后西格妮就在与他咫尺之遥的地方停住了脚步而约翰尼斯从未在西格妮眼中看到过这样的恐惧,她的眼中满是恐惧就仿佛是一片伸手不见五指的漆黑,约翰尼斯想而她压根儿就没看见他,她只是就这么直直地冲着他走过来走过来直直地走过来

西格妮,西格妮,你没看见我吗,约翰尼斯喊

而西格妮就这么直直地冲着他走过来走进

了他的身体接着西格妮径直穿过了他而他是那样真切地感觉到了她的温暖，可她就这么径直穿过了他，径直穿过了他，约翰尼斯想而在这同一瞬间西格妮想，天哪不这到底是怎么回事，有什么东西向她走过来了，她看得清清楚楚明明白白而她也试着想要往旁边让开了，她试着想要躲开了，可是没有用，它依然就这么直直地冲着她走过来而她，她只能继续向前走然后她就这么径直穿过了它而它是如此地冰冷，虽然这冰冷全然未曾令人感到痛苦，它只是如此地冰冷而又无助天哪这可真是太可怕了，这感觉她绝对不能告诉任何人，因为他们一定会觉得她疯了，西格妮想，可父亲到底出什么事儿了？会是什么事儿呢？难道他也在睡梦中去世了吗，难道他也一样？不这绝对不可能，可今天她已经给他打过好几次电话了而他却一次都没接当然她真的应该早点儿去看他的可她实在是脱不开身，她在上班，偏偏就是在她需要上班的这一天他怎么也不接电话这可真是太糟了,西格妮想然后托塞特就打电话来了,他就住在父亲隔壁他打电话来说一整天都没看到过约翰尼斯了而且房子里的灯也一整天都没开过,他说,所以他觉得最好还是给西格妮打个电话,他就是这么说的,然后她就知道自己必须来看看,看看父亲到底怎么了,西格妮想,因为这实在是太奇怪了,父亲平时每天都会出门散步的,或者是骑着自行车,不管怎么说他一定会出门转转的,只要天气不是太糟,而如果他连灯都没开过的话,甚至外面天都黑了也没开过灯的话,不这实在是太奇怪了,西格妮想,不,一定是出什么事儿了要是此刻父亲正一个人躺在地上该怎么办,要是他摔倒了,骨头都摔断了而她却没能早点儿过去帮他该怎么办,天哪不这可真是太可怕了,西格妮想而且现在天都这么黑了,现在要是别的什么季节该多好啊而不是隆冬现在这个季节无论白昼还是夜晚天都是黑的，可就在她赶着去看父亲的路上怎么会发生这样的事呢？有什么东西直直地冲着她走过来而且压根儿就不想往旁边让开，而是就这么向着她走过来走过来，而当她想往旁边让开的时候它也跟着她一起往旁边走，不这可真是太可怕了，西格妮想而约翰尼斯就这么站在路中央目光一直追随着西格妮注视着她越走越远然后他想天哪不，他自己的女儿，他的小女儿西格妮，压根儿就没看见他，没认出他来，可是他就站在那儿啊，他都已经向她走过去了啊而她压根儿就没看见他，这太可怕了，约翰尼斯想，甚至连他叫她的时候她都没有回答

西格妮，西格妮，回答我啊，是你的父亲在呼唤你呢，约翰尼斯喊

而他听到的只有西格妮沿着街越走越远的脚步声，天哪不这太可怕了，约翰尼斯想，这实在是太可怕了，西格妮既没有看见他也没有

听见他，这实在是太可怕了，约翰尼斯想旋即他又想自己该回家了，跟着西格妮一起回家因为她肯定是来看他的，可他正要到彼特家去啊，他们刚才都说好了的所以他最好还是先过去看看彼特吧，也许以后再给他剪头发，以后再剪，约翰尼斯一边就这么想着一边走到了彼特家门口他走到房门前敲了敲门，可是没有人开门然后他抬起手转动门把手打开了门

彼特，你在吗，他喊

可是没有人回答，是啊彼特很可能还没到家呢，约翰尼斯想可要是彼特不在家的话他也不能自己就这么进去啊不是吗？约翰尼斯想，是啊最好还是别进去了，约翰尼斯想，那也许他可以到花园里的长凳上去坐着等一会儿，约翰尼斯想，是啊为什么不呢，今天没有下雨既不冷也不热舒适宜人，多么美好的夏日傍晚啊是啊的确如此，约翰尼斯一边就这么想着一边关上了身后彼特家的房门然后他举步走进彼特

的花园在花园里的长凳上坐了下来除了坐在这儿等着他还有什么别的事好做呢,约翰尼斯想,是啊的确如此,那就等着吧,他想而在这同一瞬间西格妮就站在房门口,约翰尼斯家的房门口,是啊这就是我从小长大的那幢房子它看上去可真是平凡无奇呀,西格妮一边就这么想着一边摸出钥匙打开了房子的前门然后她走进门厅找到灯的开关打开了门厅的灯,天哪不这实在是太让人难过了,西格妮想,而她会看到些什么呢?她想,到底出什么事了?西格妮想,现在她一定得鼓起勇气来她一定得走进去,她不能就这么站在门厅里,但她一点儿也不想走进去她害怕,可是无论如何她都得走进去,西格妮一边就这么想着一边站在那儿注视着门厅地上铺的石板然后西格妮想为什么约翰尼斯爸爸就是不肯在门厅里铺普通的地板呢这一点她从来就没搞明白过,而且其实也没那么贵啊,可是不,无论谁提起石板的事儿他就是不肯让步，可为什么约翰尼斯爸爸就是不愿意像别人一样铺普通的地板呢，他们到底为什么非要在门厅里铺石板呢？西格妮想，不这实在是太让人难过了，现在她一定得鼓起勇气来她一定得走进去，然后西格妮推开了厨房的门她打开灯而就在那儿就在厨房的料理台上放着她父亲的咖啡杯看上去没有用过还有烟灰缸就放在厨房桌上父亲的椅子前面还有烟草袋和火柴盒，所以他今天早晨根本就没起过床，西格妮想，天哪不这实在是太可怕了，烟草袋就在那儿父亲每天晚上都会把它放在那儿，西格妮想，每天晚上他都会把烟草袋和火柴盒放在厨房桌上而这么多年以来每天早晨他起床之后的第一件事就是抽根烟，接着再抽一根，然后喝着咖啡再抽上一两根，每天早晨都是如此从未改变，西格妮想，可是今天烟草袋看上去根本就没有动过烟灰缸也是空的，不这实在是太可怕了，西格妮一边就这么想着一边在心里对自己说现在那虽遥不可及却又仁慈悲悯的上帝一定会帮助她的,就是现在就是此刻受苦受难的耶稣基督啊,是您把那虽遥不可及却又仁慈悲悯的上帝与这个邪恶的世界里迷失的可怜人类紧紧联系在了一起而这个世界是怎样地被软弱无力的死神们所统治着啊,耶稣基督一定会在这样的时刻帮助她的,然后西格妮的心中仿佛充满了勇气她走进起居室,打开灯而一切看上去都一如既往,然后她走到父亲睡的小房间旁,停住了脚步就这么站在布帘前面

约翰尼斯爸爸,约翰尼斯,西格妮说

她的声音很轻她想她至少应该先叫一下他的名字,万一他会回答呢

约翰尼斯爸爸,你在吗?她说

是西格妮啊,你的小女儿,她说

你一定得回答我约翰尼斯爸爸,她说

请你回答我啊约翰尼斯爸爸,她说

然后西格妮想现在她一定得把布帘拉开她

一定得进去看看，她的父亲很可能就躺在里面，她的约翰尼斯爸爸很可能已经去世了，西格妮想，不这实在是太让人难过了，他这辈子一直都是那么古怪，可是心地善良又赤诚，他一直都是这么善良又赤诚为了家人辛苦劳作着，难道现在就连他也离开了吗，她的约翰尼斯爸爸？西格妮想，这实在是太让人难过了，西格妮想不她不能再继续站在这儿犹疑下去了，她一定得进去看看，她一边就这么想着一边把布帘拉了开来然后她穿过布帘走了进去朦胧中她看到父亲就这么躺在床上看上去仿佛是睡着了记忆中小房间里是没有顶灯的不是吗，西格妮想而布帘在她身后垂落下来她伸出双手在身前一点一点摸索着然后她摸到了床头柜上小灯的灯罩她顺着灯罩继续摸索着找到了开关她把床头灯打开然后西格妮看到自己的父亲就这么躺在床上，看上去仿佛是睡着了，眼睛紧闭着嘴巴半张着依然浓密的头发纠结凌乱地支楞着而他就这么躺在那里然后西格妮把手放在他的前额上她感觉到他的前额是多么地冰冷啊然后西格妮拉起自己父亲的手而她感觉到他的手也同样是多么地冰冷啊

约翰尼斯爸爸,该起床了,西格妮说

而约翰尼斯爸爸没有回答,也没有动

天哪不约翰尼斯爸爸,该起床了,起床吧,她说

约翰尼斯爸爸,起床吧,西格妮说

然后她把手放在自己父亲的手腕上紧紧握着它可是她感觉不到任何脉搏接着她又把手放在他的嘴上还有鼻子上可是她感觉不到任何呼吸,那他一定是已经去世了,一定是的,西格妮想

所以现在你也离我们而去了,约翰尼斯爸爸,西格妮说

你也走了,尽管你坚持了这么久,你一直都很坚强,可是现在你也离我们而去了,她说

我的约翰尼斯爸爸,我的约翰尼斯爸爸,我的约翰尼斯爸爸,她说

我亲爱的,亲爱的约翰尼斯爸爸,她说

她就这么站在那儿站在小房间里注视着自己的父亲

我亲爱的,亲爱的约翰尼斯爸爸,西格妮说

然后她轻轻摇了摇头她感觉得到自己的嘴唇开始抽搐起来眼中蕴满了泪水,那现在呢?现在她该做些什么?西格妮在心里对自己说,现在你该做些什么呢?她想她应该打电话叫个医生吗?是啊也许她是应该叫个医生即便此刻已经无济于事了,所以是的她应该打电话叫个医生,西格妮一边就这么想着一边穿过起居室走进门厅电话就在放在那儿的一个小架子上然后她找到电话号码簿查找着医生的电话是啊没错她应该打电话叫个医生,西格妮想然后她还应该给莱夫打个电话叫他过来帮她,因为他

现在应该已经下班回到家了而每当这时候他总是那么累,莱夫一直都在辛苦劳作着是啊的确如此,可这种时候又能怎么办呢是啊没错她应该打电话叫个医生,西格妮一边就这么想着一边拿起听筒拨了个号码医生接了电话说他马上就来然后西格妮又拨了自己家的电话,打给莱夫,他也接了电话说他马上就来然后西格妮就这么站在那儿,站在门厅里,她就这么站在那儿垂头注视着门厅地上铺的石板然后她想这些石板,他是多么地维护它们啊,约翰尼斯爸爸,就是不想把它们拆掉,他是多么地喜欢这些老旧的石板啊,约翰尼斯爸爸,西格妮想,那现在呢?现在她该做些什么?西格妮一边就这么想着一边走进了厨房她拿起约翰尼斯爸爸的烟草袋和火柴盒还有烟灰缸然后把它们放在厨房料理台上,料理台就在厨房窗户下面,然后她该做些什么?西格妮想,她应该做点儿咖啡吗?给自己喝?给医生喝?给莱夫喝?可现在她刚刚发现自己的父亲去世了这么做合适吗？西格妮想，可那她该做些什么呢？她应该再回到父亲身边守着吗？坐在他身边？他已经在睡梦中去世了孤单一人躺了一整天了，那也许她的确应该再回到父亲身边守着？西格妮想，是啊也许她是该这么做，回到她亲爱的老约翰尼斯爸爸身边守着，他才刚刚离开也许他会希望有人坐在身边陪着他的，西格妮想，或者也许她的约翰尼斯爸爸会希望一个人待着，西格妮想，每当有心事的时候，或者是情绪低落的时候她的约翰尼斯爸爸总是想一个人待着，最好的慰藉莫过于独自一人西格妮记得他曾经这么说过，所以如果现在也是这样的时刻的话那也许她的约翰尼斯爸爸就不会希望她坐在身边陪着他了，西格妮想，可是那她该拿自己怎么办呢？也许她可以到屋外去看看医生是不是快来了，万一他找不到地方呢？西格妮一边就这么想着一边回转身再次穿过门厅向屋外走去，她打开屋外的灯,又一次回到了外面,她沿着街走了几步这伸手不见五指的漆黑实在是太可怕了想想看刚才还有什么东西冲着她走过来还在她试着想要往旁边让开的时候紧跟着她然后继续冲着她走过来接着竟然就这么径直穿过了她的身体,西格妮想,不她不能再继续这么想下去了,西格妮想,而且这一切都发生在她发现自己的约翰尼斯爸爸去世的同一天晚上,不这实在是太可怕了,还有什么比这更可怕呢,是啊还有什么比这更可怕呢,西格妮就这么想着然后她看到一辆车开了过来那是莱夫,天哪感谢上帝他这么快就来了,他马上就来了,西格妮想然后她看着车停了下来莱夫从车里走出来

所以现在约翰尼斯也离我们而去了,是吗,莱夫说

看上去是这样,西格妮说

他此刻正在床上躺着,我想他是在睡梦中去世的,她说

你打电话叫医生了吗？莱夫说

叫了，西格妮说

那他很可能是在夜里什么时候去世的，莱夫说

是啊他根本就没起过床，西格妮说

他只是就这么在睡梦中去世了，而这是离开最好的方式，莱夫说

而且他身体一直都很健康，西格妮说

健健康康精力充沛，莱夫说

而且他几乎每天都会到海上去，只要天气不是太糟的话，他说

是啊他从没放弃过，西格妮说

是啊约翰尼斯从没放弃过，莱夫说

可这还是太让人难过了，西格妮说

她挽起莱夫的手臂把脸庞栖息在他的臂弯中然后眼泪就这么涌了出来，不是很多，但依然有泪

这当然让人难过，莱夫说

可生活就是如此,他说

对此我们无能为力,我们每个人终将都会有这样一天,他说

生活就是如此,他说

然后西格妮松开了他的手臂

是啊现在我的约翰尼斯爸爸也离开了,她说

也许我,莱夫说

西格妮打断了他的话

我想是医生来了,她说

一辆车开过来然后打着闪灯停了下来一个身材矮小胡子花白的人下了车他打开后备厢拿出一个手提包向着西格妮和莱夫走过来

所以这次是约翰尼斯,对吗,医生说

是的,莱夫说

进来吧,西格妮说

然后他们一起沉默无语地向着屋子走去她打开房门一边就这么走进门厅一边想小时候她

是多么为了自己家门厅地上铺的是石板而感到丢人啊可现在一切都没关系了，西格妮一边就这么想着一边走进了厨房医生跟在她身后而莱夫就跟在医生身后他关上厨房的门然后西格妮走进了起居室，医生和莱夫跟在她身后

他在那儿，在小房间里，布帘后面，西格妮说

医生点点头然后莱夫把布帘撩到一边医生走了进去接着莱夫也跟着医生走了进去不这实在是太可怕了，西格妮想，这实在是太令人难以承受了，她一边就这么想着一边走进了厨房，现在我必须得抽根烟，西格妮想，然后她走到厨房料理台前拿起约翰尼斯爸爸的烟草袋打开，拿出一张卷烟纸，又拿了一大撮烟草卷了根烟然后找到火柴盒把烟点上西格妮就这么站在厨房窗前抽着烟她凝望着窗外的伸手不见五指的漆黑然后她想是啊现在她的约翰尼斯爸爸也离开了，不这实在是太可怕了，虽然他已

经年纪那么大了,是的他已经很长寿了,可是依然,是啊他已经永远地离开了,这太可怕了,西格妮想,不这实在是太可怕了,西格妮想然后她听到了脚步声医生走进了厨房

原来你在这儿呢,在抽烟呢,他说

是啊我在抽烟呢,西格妮说

是啊没错他已经去世了,医生说

他走得很平静很安详,他说

他一定是昨天夜里或者也许是今天凌晨走的,他说

今天凌晨,西格妮说

那他没有试着起过床吗?她说

看上去没有,医生说

他很可能是在睡梦中去世的,他说

是啊我想我能做的也就这么多了,他说

这当然很让人难过,可他已经很长寿了,他说

是的,西格妮说

是啊我想我能做的也就这么多了，医生说

那好吧谢谢你，西格妮说

然后莱夫走进了厨房他注视着医生

我送你出去，莱夫说

然后他走到厨房门口打开门医生走了出去莱夫也跟着医生走了出去而西格妮把烟搁在烟灰缸里走进起居室走进那个小房间然后她看到她的约翰尼斯爸爸就这么躺在床上他看上去很平静，就仿佛是睡着了，西格妮一边就这么想着一边把自己的手放进他的手心里，就像我还是个小女孩的时候那样，她在心里对自己说然后她感到酸楚就这么涌上眼眶整个眼中都蕴满了泪水然后西格妮轻轻抚摸着她的约翰尼斯爸爸那修长又粗糙的瘦削手指她看到手指的尽头指甲盖都已经变蓝了而那是一个星期天的下午她的约翰尼斯爸爸牵着她的手，他们就这么沿着街一块儿走着然后约翰尼斯想现在彼特应该很快就会回来了，今晚他还要给彼特剪个头发呢，他们都已经说好了的不是吗，约翰尼斯想，可他不能就这么在彼特花园里的长凳上坐着啊，即使这是一个如此轻盈美好的夏日傍晚而且刚才他还看到自己的女婿莱夫开着车过去了呢，也不知道他是要去哪儿，约翰尼斯想，可他不能再继续这么坐下去了，不他真的不能再继续这么坐下去了，约翰尼斯一边就这么想着一边站起身来而就在路的那头他看到是啊那是莱夫又开着车回来了而在他身旁前排副驾上坐着的就是西格妮他的小女儿，是啊想想看她竟然都没有认出他来，想想看他跟她说话的时候她竟然都没有回答，不这实在是太可怕了，约翰尼斯想，而如果他们之间真的是有什么误会的话那他就应该走上前去问问她到底是怎么回事儿，他们一定能把话说清楚的，约翰尼斯想，而且要不是他已经答应了彼特到他家去的话他当时马上就会这样做的，约翰尼斯就这么想着旋即他又想他不能再这么待在这儿了，也许他应该再去敲敲彼特的门,也许刚才约翰尼斯敲门的时候他正在打盹儿呢所以才没有听见,是啊多半就是这么回事儿,约翰尼斯一边就这么想着一边站起身来再次走到彼特家的房门前然后他敲了敲门,一次,两次,好几次,可是他什么声音也听不到然后约翰尼斯听到脚步声在身后响起他回转身而就在那儿是啊彼特就站在那儿

你终于来了,彼特,约翰尼斯说

而彼特挺直了身躯

现在你应该跟我来了,约翰尼斯,他说

我们不是要到你家去给你剪头发吗?约翰尼斯说

不不是,彼特说

我还以为我们已经说好了呢,约翰尼斯说

不你再也不能给我剪头发了,约翰尼斯,彼特说

然后彼特举起一只手穿过自己的头发就好

像那里根本就没有头发一样

你明白了吗？彼特说

是吗我不知道，约翰尼斯说

此刻你也已经死了，约翰尼斯，彼特说

而约翰尼斯就这么注视着彼特天哪他所说的话是多么可怕啊，说什么他已经死了

我已经死了？约翰尼斯说

此刻你也已经死了，约翰尼斯，彼特说

因为我曾经是你最好的朋友，就由我来帮你渡过吧，他说

帮我渡过？约翰尼斯说

彼特点了点头

此刻你已经死去了正躺在自己的家里，约翰尼斯，彼特说

所以我已经死去了，约翰尼斯说

是的，彼特说

来吧，约翰尼斯，他说

约翰尼斯走到彼特身旁然后约翰尼斯和彼

特开始一起沿着街走去

我们是要往西一直走到海湾去吗？约翰尼斯说

是的，彼特说

我们要去那儿干什么？约翰尼斯说

现在我们要离开了，你和我，彼特说

是吗，约翰尼斯说

我们就乘我的小渔船走，然后我们要去往另外一个地方，彼特说

是吗那我就都交给你了，约翰尼斯说

是啊这样最好，彼特说

然后约翰尼斯想这一切到底是怎么回事，不他真的一点儿也搞不明白，因为他不是今天还和彼特在一起吗，还一起去收了他的捕蟹笼，他们不是还一起划着船到镇上去了吗把船停在码头上还想试着把螃蟹都卖掉吗，可是他们一个也没卖出去，就只是送了满满一塑料袋螃蟹给老派特森小姐，要不就是彼特把塑料袋给她

留在了码头上然后过了一会儿她真的来把袋子拿走了，是啊就在他们又一次决定回家以后老派特森小姐真的来了，这一切都真的发生了不是吗，而他竟然已经死了

此刻你也已经死了，约翰尼斯，彼特说

你是今天清晨的时候死去的，他说

因为我曾经是你最好的朋友，我就被派来接你了，他说

可是那为什么我们要去捕蟹呢？约翰尼斯说

因为你需要一点一点断开与生命的联结，所以我们得找点事儿干，彼特说

原来如此，约翰尼斯说

是啊就是如此，彼特说

然后他们向右转弯沿着荒草漫生的小径一路向着海湾走去

可是我能看得到你，约翰尼斯说

他们给了我一点点躯体这样我才能来接

你,彼特说

可现在咱们俩要乘上我的小渔船然后我们的旅程就要开始了,他说

我们要去哪儿,约翰尼斯说

此刻你这么问就好像自己还活着似的,彼特说

那我们没有什么具体的地方要去吗?约翰尼斯说

没有,我们要去的,并不是某个具体的地方,所以那里也没有名字,彼特说

会很危险吗?约翰尼斯说

危险,不,彼特说

危险是言语,而我们要去的地方没有言语,彼特说

会疼吗?约翰尼斯说

我们要去的地方没有躯体,所以痛苦也是不存在的

可是灵魂呢,在那里灵魂会痛苦吗?约翰

尼斯说

我们要去的地方没有你我之分,彼特说

在那里一切都会好吗?约翰尼斯说

那里没有好坏之分,一切都广袤澄静伴着些微的震颤,还有光,如果一定要用言语来描述的话就是这样而言语是如此地苍白无力,彼特说

约翰尼斯注视着彼特而彼特微笑着他的面容就掩映在那此刻已越来越长的花白头发之后,彼特的头发此刻已经长得自脊背垂落了下来并且变得健康浓密仿若有一种金黄的光晕环绕着他的整个头颅

是啊彼特,我亲爱的彼特,约翰尼斯说

然后彼特和约翰尼斯就这么肩并肩地一路向着海湾走去而突然之间,无须登上彼特的船,他们已经身在船上了而然后,同样是突然之间,他们已经开始航行把海湾远远抛在身后了

现在一定不要回头看,约翰尼斯,彼特说

现在你应该只是抬头仰望天空倾听海浪的声音，他说

现在你再也听不到引擎的砰砰声了，不是吗？他说

是的，约翰尼斯说

而且你也不再觉得冷了，他说

是的，约翰尼斯说

而且你也不再害怕了，彼特说

是的，约翰尼斯说

可是艾娜，她也在那里吗？约翰尼斯说

你所挚爱的一切都在那里，你所不爱的一切都不在那里，彼特说

所以我的姐姐玛格达也在那里吗？约翰尼斯说

是啊毫无疑问，彼特说

即使她还没成年的时候就去世了，约翰尼斯说

是啊一切就是如此，彼特说

是啊毫无疑问，彼特说

然后约翰尼斯抬头眺望着他看到彼特的小渔船已经校准航向一直往西向着外海驶去

暴风雨就要来了，我们可以就这么一直开到外海去吗？约翰尼斯说

是的我们可以，彼特说

此刻约翰尼斯可以看到他们已经离大礁石和小礁石越来越近了而以前约翰尼斯从来都不敢在这样的天气里一直往西开到外海上去，因为此刻暴风雨已经来了海浪已经攀升到比他们还高的地方而小渔船就这么在海浪中被撕扯着忽上忽下地起伏颠簸着而突然之间他们所身处的已不再是彼特的小渔船了，可他们依然是身在一艘船上，身在大海之中，此时此刻天与海云与风水与光都已连成一片而是啊艾娜就在那里她的眼睛是那么明亮蕴满了光而这光也与万事万物都连成了一片然后他不再看得见彼特了

是啊我们已经在路上了，彼特说

此刻他和彼特既是他们自己而与此同时又不是，万事万物都既已连成一片而与此同时又泾渭分明，它们既浑然一体而又各自迥然，所有的一切都分崩离析而又浑然无间而所有的一切又都是如此澄静约翰尼斯回转身而就在那远远的下方，在那远远远远的下方他看到了西格妮，亲爱的西格妮，就在那里就在下方，在那远远的下方是他亲爱的小女儿西格妮而约翰尼斯的心中蕴满了对西格妮如此丰盈的爱她就站在那儿牵着她的小女儿玛格达的手在西格妮身边站着的是他其他的孩子们还有孙子孙女们还有邻居们和他亲爱的朋友们还有牧师也在他掬起一抔土而此刻约翰尼斯看到了西格妮的眼睛她的眼睛是那么明亮蕴满了光而这光与艾娜眼中的光一模一样然后他看到了所有那些黑暗所有那些可怕的邪恶它们就都在下面就在那里而他已经

下面实在是太可怕了，约翰尼斯说

此刻言语就要消失了，彼特说

而彼特的声音是如此坚定

西格妮一边注视着牧师把土撒在约翰尼斯的棺椁上一边想我亲爱的约翰尼斯爸爸你可真是不同凡响啊，是啊的确如此，古怪又顽固可又是那么善良，你这辈子不容易，是啊我知道，每天早晨你起床的时候连胆汁都要呕出来了，可你依然是那么的善良，西格妮一边就这么想着一边抬起头她看到天空中白云舒卷她看到今天的大海是多么澄静波光粼粼一片碧蓝而西格妮想我的约翰尼斯爸爸，我的约翰尼斯爸爸

图书在版编目（CIP）数据

晨与夜 /（挪）约恩·福瑟著；邹鲁路译. -- 南京：译林出版社，2025.7. --（约恩·福瑟作品）. -- ISBN 978-7-5753-0749-9

Ⅰ. I533.45

中国国家版本馆 CIP 数据核字第 2025RP6061 号

Morgon og kveld by Jon Fosse
Copyright © 2000 Morgon og kveld Det Norske Samlaget
This edition arranged with The Winje Agency
Simplified Chinese edition copyright © 2025 by Yilin Press, Ltd
All rights reserved.

著作权合同登记号　图字：10-2023-328 号

Cover Copyright © Jesper Egemar

晨与夜　[挪威] 约恩·福瑟 ／ 著　邹鲁路 ／ 译

策　划	袁　楠
责任编辑	张　睿　李玲慧
装帧设计	韦　枫
校　对	施雨嘉
责任印制	颜　亮

出版发行	译林出版社
地　址	南京市湖南路 1 号 A 楼
邮　箱	yilin@yilin.com
网　址	www.yilin.com
市场热线	025-86633278
排　版	南京新华丰制版有限公司
印　刷	南京爱德印刷有限公司
开　本	787 毫米 ×1092 毫米　1/32
印　张	5.375
插　页	4
版　次	2025 年 7 月第 1 版
印　次	2025 年 7 月第 1 次印刷
书　号	ISBN 978-7-5753-0749-9
定　价	55.00 元

版权所有·侵权必究

译林版图书若有印装错误可向出版社调换。质量热线：025-83658316